Lévitique

La Bible

Lévitique 1

1. L'Éternel appela Moïse ; de la tente d'assignation, il lui parla et dit :

2. Parle aux enfants d'Israël, et dis-leur : Lorsque quelqu'un d'entre vous fera une offrande à l'Éternel, il offrira du bétail, du gros ou du menu bétail.

3. Si son offrande est un holocauste de gros bétail, il offrira un mâle sans défaut ; il l'offrira à l'entrée de la tente d'assignation, devant l'Éternel, pour obtenir sa faveur.

4. Il posera sa main sur la tête de l'holocauste, qui sera agréé de l'Éternel, pour lui servir d'expiation.

5. Il égorgera le veau devant l'Éternel ; et les sacrificateurs, fils d'Aaron, offriront le sang, et le répandront tout autour sur l'autel qui est à l'entrée de la tente d'assignation.

6. Il dépouillera l'holocauste, et le coupera par morceaux.

7. Les fils du sacrificateur Aaron mettront du feu sur l'autel, et arrangeront du bois sur le feu.

8. Les sacrificateurs, fils d'Aaron, poseront les morceaux, la tête et la graisse, sur le bois mis au feu sur l'autel.

9. Il lavera avec de l'eau les entrailles et les jambes ; et le sacrificateur brûlera le tout sur l'autel. C'est un holocauste, un sacrifice consumé par le feu, d'une agréable odeur à l'Éternel.

10. Si son offrande est un holocauste de menu bétail, d'agneaux ou de chèvres, il offrira un mâle sans défaut.

11. Il l'égorgera au côté septentrional de l'autel, devant l'Éternel ; et les sacrificateurs, fils d'Aaron, en répandront le sang sur l'autel tout autour.

12. Il le coupera par morceaux ; et le sacrificateur les posera, avec la tête et la graisse, sur le bois mis au feu sur l'autel.

13. Il lavera avec de l'eau les entrailles et les jambes ; et le sacrificateur sacrifiera le tout, et le brûlera sur l'autel. C'est un holocauste, un sacrifice consumé par le feu, d'une agréable odeur à l'Éternel.

14. Si son offrande à l'Éternel est un holocauste d'oiseaux, il offrira des tourterelles ou de jeunes pigeons.

15. Le sacrificateur sacrifiera l'oiseau sur l'autel ; il lui ouvrira la tête avec l'ongle, et la brûlera sur l'autel, et il exprimera le sang contre un côté de l'autel.

16. Il ôtera le jabot avec ses plumes, et le jettera près de l'autel, vers l'orient, dans le lieu où l'on met les cendres.

17. Il déchirera les ailes, sans les détacher ; et le sacrificateur brûlera l'oiseau sur l'autel, sur le bois mis au feu. C'est un holocauste, un sacrifice consumé par le feu, d'une agréable odeur à l'Éternel.

Lévitique 2

1. Lorsque quelqu'un fera à l'Éternel une offrande en don, son offrande sera de fleur de farine ; il versera de l'huile dessus, et il y ajoutera de l'encens.

2. Il l'apportera aux sacrificateurs, fils d'Aaron ; le sacrificateur prendra une poignée de cette fleur de farine, arrosée d'huile, avec tout l'encens, et il brûlera cela sur l'autel comme souvenir. C'est une offrande d'une agréable odeur à l'Éternel.

3. Ce qui restera de l'offrande sera pour Aaron et pour ses fils ; c'est une chose très sainte parmi les offrandes consumées par le feu devant l'Éternel.

4. Si tu fais une offrande de ce qui est cuit au four, qu'on se serve de fleur de farine, et que ce soient des gâteaux sans levain pétris à l'huile et des galettes sans levain arrosées d'huile.

5. Si ton offrande est un gâteau cuit à la poêle, il sera de fleur de farine pétrie à l'huile, sans levain.

6. Tu le rompras en morceaux, et tu verseras de l'huile dessus ; c'est une offrande.

7. Si ton offrande est un gâteau cuit sur le gril, il sera fait de fleur de farine pétrie à l'huile.

8. Tu apporteras l'offrande qui sera faite à l'Éternel avec ces choses-là ; elle sera remise au sacrificateur, qui la présentera sur l'autel.

9. Le sacrificateur en prélèvera ce qui doit être offert comme souvenir, et le brûlera sur l'autel. C'est une offrande d'une agréable odeur à l'Éternel.

10. Ce qui restera de l'offrande sera pour Aaron et pour ses fils ; c'est

une chose très sainte parmi les offrandes consumées par le feu devant l'Éternel.

11. Aucune des offrandes que vous présenterez à l'Éternel ne sera faite avec du levain ; car vous ne brûlerez rien qui contienne du levain ou du miel parmi les offrandes consumées par le feu devant l'Éternel.

12. Vous pourrez en offrir à l'Éternel comme offrande des prémices ; mais il n'en sera point présenté sur l'autel comme offrande d'une agréable odeur.

13. Tu mettras du sel sur toutes tes offrandes ; tu ne laisseras point ton offrande manquer de sel, signe de l'alliance de ton Dieu ; sur toutes tes offrandes tu mettras du sel.

14. Si tu fais à l'Éternel une offrande des prémices, tu présenteras des épis nouveaux, rôtis au feu et broyés, comme offrande de tes prémices.

15. Tu verseras de l'huile dessus, et tu y ajouteras de l'encens ; c'est une offrande.

16. Le sacrificateur brûlera comme souvenir une portion des épis broyés et de l'huile, avec tout l'encens. C'est une offrande consumée par le feu devant l'Éternel.

Lévitique 3

1. Lorsque quelqu'un offrira à l'Éternel un sacrifice d'actions de grâces : S'il offre du gros bétail, mâle ou femelle, il l'offrira sans défaut, devant l'Éternel.

2. Il posera sa main sur la tête de la victime, qu'il égorgera à l'entrée de la tente d'assignation ; et les sacrificateurs, fils d'Aaron, répandront le sang sur l'autel tout autour.

3. De ce sacrifice d'actions de grâces, il offrira en sacrifice consumé par le feu devant l'Éternel : la graisse qui couvre les entrailles et toute celle qui y est attachée ;

4. les deux rognons, et la graisse qui les entoure, qui couvre les flancs, et le grand lobe du foie, qu'il détachera près des rognons.

5. Les fils d'Aaron brûleront cela sur l'autel, par-dessus l'holocauste qui sera sur le bois mis au feu. C'est un sacrifice consumé par le feu, d'une agréable odeur à l'Éternel.

6. S'il offre du menu bétail, mâle ou femelle, en sacrifice d'actions de grâces à l'Éternel, il l'offrira sans défaut.

7. S'il offre en sacrifice un agneau, il le présentera devant l'Éternel.

8. Il posera sa main sur la tête de la victime, qu'il égorgera devant la tente d'assignation ; et les fils d'Aaron en répandront le sang sur l'autel tout autour.

9. De ce sacrifice d'actions de grâces, il offrira en sacrifice consumé par le feu devant l'Éternel : la graisse, la queue entière, qu'il séparera près de l'échine, la graisse qui couvre les entrailles et toute celle qui y est attachée,

10. les deux rognons, et la graisse qui les entoure, qui couvre les flancs, et le grand lobe du foie, qu'il détachera près des rognons.

11. Le sacrificateur brûlera cela sur l'autel. C'est l'aliment d'un sacrifice consumé par le feu devant l'Éternel.

12. Si son offrande est une chèvre, il la présentera devant l'Éternel.

13. Il posera sa main sur la tête de sa victime, qu'il égorgera devant la tente d'assignation ; et les fils d'Aaron en répandront le sang sur l'autel tout autour.

14. De la victime, il offrira en sacrifice consumé par le feu devant l'Éternel : la graisse qui couvre les entrailles et toute celle qui y est attachée,

15. les deux rognons, et la graisse qui les entoure, qui couvre les flancs, et le grand lobe du foie, qu'il détachera près des rognons.

16. Le sacrificateur brûlera cela sur l'autel. Toute la graisse est l'aliment d'un sacrifice consumé par le feu, d'une agréable odeur à l'Éternel.

17. C'est ici une loi perpétuelle pour vos descendants, dans tous les lieux où vous habiterez : vous ne mangerez ni graisse ni sang.

Lévitique 4

1. L'Éternel parla à Moïse, et dit :
2. Parle aux enfants d'Israël, et dis : Lorsque quelqu'un péchera involontairement contre l'un des commandements de l'Éternel, en faisant des choses qui ne doivent point se faire ;
3. Si c'est le sacrificateur ayant reçu l'onction qui a péché et a rendu par là le peuple coupable, il offrira à l'Éternel, pour le péché qu'il a commis, un jeune taureau sans défaut, en sacrifice d'expiation.
4. Il amènera le taureau à l'entrée de la tente d'assignation, devant l'Éternel ; et il posera sa main sur la tête du taureau, qu'il égorgera devant l'Éternel.
5. Le sacrificateur ayant reçu l'onction prendra du sang du taureau, et l'apportera dans la tente d'assignation ;
6. il trempera son doigt dans le sang, et il en fera sept fois l'aspersion devant l'Éternel, en face du voile du sanctuaire.
7. Le sacrificateur mettra du sang sur les cornes de l'autel des parfums odoriférants, qui est devant l'Éternel dans la tente d'assignation ; et il répandra tout le sang du taureau au pied de l'autel des holocaustes, qui est à l'entrée de la tente d'assignation.
8. Il enlèvera toute la graisse du taureau expiatoire, la graisse qui couvre les entrailles et toute celle qui y est attachée,
9. les deux rognons, et la graisse qui les entoure, qui couvre les flancs, et le grand lobe du foie, qu'il détachera près des rognons.
10. Le sacrificateur enlèvera ces parties comme on les enlève du taureau dans le sacrifice d'actions de grâces, et il les brûlera sur l'autel des holocaustes.

11. Mais la peau du taureau, toute sa chair, avec sa tête, ses jambes, ses entrailles et ses excréments,

12. le taureau entier, il l'emportera hors du camp, dans un lieu pur, où l'on jette les cendres, et il le brûlera au feu sur du bois : c'est sur le tas de cendres qu'il sera brûlé.

13. Si c'est toute l'assemblée d'Israël qui a péché involontairement et sans s'en apercevoir, en faisant contre l'un des commandements de l'Éternel des choses qui ne doivent point se faire et en se rendant ainsi coupable,

14. et que le péché qu'on a commis vienne à être découvert, l'assemblée offrira un jeune taureau en sacrifice d'expiation, et on l'amènera devant la tente d'assignation.

15. Les anciens d'Israël poseront leurs mains sur la tête du taureau devant l'Éternel, et on égorgera le taureau devant l'Éternel.

16. Le sacrificateur ayant reçu l'onction apportera du sang du taureau dans la tente d'assignation ;

17. il trempera son doigt dans le sang, et il en fera sept fois l'aspersion devant l'Éternel, en face du voile.

18. Il mettra du sang sur les cornes de l'autel qui est devant l'Éternel dans la tente d'assignation ; et il répandra tout le sang au pied de l'autel des holocaustes, qui est à l'entrée de la tente d'assignation.

19. Il enlèvera toute la graisse du taureau, et il la brûlera sur l'autel.

20. Il fera de ce taureau comme du taureau expiatoire ; il fera de même. C'est ainsi que le sacrificateur fera pour eux l'expiation, et il leur sera pardonné.

21. Il emportera le taureau hors du camp, et il le brûlera comme le premier taureau. C'est un sacrifice d'expiation pour l'assemblée.

22. Si c'est un chef qui a péché, en faisant involontairement contre l'un des commandements de l'Éternel, son Dieu, des choses qui ne doivent point se faire et en se rendant ainsi coupable,

23. et qu'il vienne à découvrir le péché qu'il a commis, il offrira en sacrifice un bouc mâle sans défaut.

24. Il posera sa main sur la tête du bouc, qu'il égorgera dans le lieu où l'on égorge les holocaustes devant l'Éternel. C'est un sacrifice d'expiation.

25. Le sacrificateur prendra avec son doigt du sang de la victime expiatoire, il en mettra sur les cornes de l'autel des holocaustes, et il répandra le sang au pied de l'autel des holocaustes.

26. Il brûlera toute la graisse sur l'autel, comme la graisse du sacrifice d'actions de grâces. C'est ainsi que le sacrificateur fera pour ce chef l'expiation de son péché, et il lui sera pardonné.

27. Si c'est quelqu'un du peuple qui a péché involontairement, en faisant contre l'un des commandements de l'Éternel des choses qui ne doivent point se faire et en se rendant ainsi coupable,

28. et qu'il vienne à découvrir le péché qu'il a commis, il offrira en sacrifice une chèvre, une femelle sans défaut, pour le péché qu'il a commis.

29. Il posera sa main sur la tête de la victime expiatoire, qu'il égorgera dans le lieu où l'on égorge les holocaustes.

30. Le sacrificateur prendra avec son doigt du sang de la victime, il en mettra sur les cornes de l'autel des holocaustes, et il répandra tout le sang au pied de l'autel.

31. Le sacrificateur ôtera toute la graisse, comme on ôte la graisse du sacrifice d'actions de grâces, et il la brûlera sur l'autel, et elle sera d'une agréable odeur à l'Éternel. C'est ainsi que le sacrificateur fera pour cet homme l'expiation, et il lui sera pardonné.

32. S'il offre un agneau en sacrifice d'expiation, il offrira une femelle sans défaut.

33. Il posera sa main sur la tête de la victime, qu'il égorgera en sacrifice d'expiation dans le lieu où l'on égorge les holocaustes.

34. Le sacrificateur prendra avec son doigt du sang de la victime, il en mettra sur les cornes de l'autel des holocaustes, et il répandra tout le sang au pied de l'autel.

35. Le sacrificateur ôtera toute la graisse, comme on ôte la graisse de l'agneau dans le sacrifice d'actions de grâces, et il la brûlera sur l'autel, comme un sacrifice consumé par le feu devant l'Éternel. C'est ainsi que le sacrificateur fera pour cet homme l'expiation du péché qu'il a commis, et il lui sera pardonné.

Lévitique 5

1. Lorsque quelqu'un, après avoir été mis sous serment comme témoin, péchera en ne déclarant pas ce qu'il a vu ou ce qu'il sait, il restera chargé de sa faute.

2. Lorsque quelqu'un, sans s'en apercevoir, touchera une chose souillée, comme le cadavre d'un animal impur, que ce soit d'une bête sauvage ou domestique, ou bien d'un reptile, il deviendra lui-même impur et il se rendra coupable.

3. Lorsque, sans y prendre garde, il touchera une souillure humaine quelconque, et qu'il s'en aperçoive plus tard, il en sera coupable.

4. Lorsque quelqu'un, parlant à la légère, jure de faire du mal ou du bien, et que, ne l'ayant pas remarqué d'abord, il s'en aperçoive plus tard, il en sera coupable.

5. Celui donc qui se rendra coupable de l'une de ces choses, fera l'aveu de son péché.

6. Puis il offrira en sacrifice de culpabilité à l'Éternel, pour le péché qu'il a commis, une femelle de menu bétail, une brebis ou une chèvre, comme victime expiatoire. Et le sacrificateur fera pour lui l'expiation de son péché.

7. S'il n'a pas de quoi se procurer une brebis ou une chèvre, il offrira en sacrifice de culpabilité à l'Éternel pour son péché deux tourterelles ou deux jeunes pigeons, l'un comme victime expiatoire, l'autre comme holocauste.

8. Il les apportera au sacrificateur, qui sacrifiera d'abord celui qui doit servir de victime expiatoire. Le sacrificateur lui ouvrira la tête avec l'ongle près de la nuque, sans la séparer ;

9. il fera sur un côté de l'autel l'aspersion du sang de la victime

expiatoire, et le reste du sang sera exprimé au pied de l'autel : c'est un sacrifice d'expiation.

10. Il fera de l'autre oiseau un holocauste, d'après les règles établies. C'est ainsi que le sacrificateur fera pour cet homme l'expiation du péché qu'il a commis, et il lui sera pardonné.

11. S'il n'a pas de quoi se procurer deux tourterelles ou deux jeunes pigeons, il apportera en offrande pour son péché un dixième d'épha de fleur de farine, comme offrande d'expiation ; il ne mettra point d'huile dessus, et il n'y ajoutera point d'encens, car c'est une offrande d'expiation.

12. Il l'apportera au sacrificateur, et le sacrificateur en prendra une poignée comme souvenir, et il la brûlera sur l'autel, comme les offrandes consumées par le feu devant l'Éternel : c'est une offrande d'expiation.

13. C'est ainsi que le sacrificateur fera pour cet homme l'expiation du péché qu'il a commis à l'égard de l'une de ces choses, et il lui sera pardonné. Ce qui restera de l'offrande sera pour le sacrificateur, comme dans l'offrande en don.

14. L'Éternel parla à Moïse, et dit :

15. Lorsque quelqu'un commettra une infidélité et péchera involontairement à l'égard des choses consacrées à l'Éternel, il offrira en sacrifice de culpabilité à l'Éternel pour son péché un bélier sans défaut, pris du troupeau d'après ton estimation en sicles d'argent, selon le sicle du sanctuaire.

16. Il donnera, en y ajoutant un cinquième, la valeur de la chose dont il a frustré le sanctuaire, et il la remettra au sacrificateur. Et le sacrificateur fera pour lui l'expiation avec le bélier offert en sacrifice de culpabilité, et il lui sera pardonné.

17. Lorsque quelqu'un péchera en faisant, sans le savoir, contre l'un des commandements de l'Éternel, des choses qui ne doivent point se faire, il se rendra coupable et sera chargé de sa faute.

18. Il présentera au sacrificateur en sacrifice de culpabilité un bélier sans défaut, pris du troupeau d'après ton estimation. Et le sacrificateur fera pour lui l'expiation de la faute qu'il a commise sans

le savoir, et il lui sera pardonné.
19. C'est un sacrifice de culpabilité. Cet homme s'était rendu coupable envers l'Éternel.

Lévitique 6

1. (5 :20) L'Éternel parla à Moïse, et dit :

2. (5 :21 Lorsque quelqu'un péchera et commettra une infidélité envers l'Éternel, en mentant à son prochain au sujet d'un dépôt, d'un objet confié à sa garde, d'une chose volée ou soustraite par fraude,

3. (5 :22) en niant d'avoir trouvé une chose perdue, ou en faisant un faux serment sur une chose quelconque de nature à constituer un péché ;

4. (5 :23) lorsqu'il péchera ainsi et se rendra coupable, il restituera la chose qu'il a volée ou soustraite par fraude, la chose qui lui avait été confiée en dépôt, la chose perdue qu'il a trouvée,

5. (5 :24) ou la chose quelconque sur laquelle il a fait un faux serment. Il la restituera en son entier, y ajoutera un cinquième, et la remettra à son propriétaire, le jour même où il offrira son sacrifice de culpabilité.

6. (5 :25) Il présentera au sacrificateur en sacrifice de culpabilité à l'Éternel pour son péché un bélier sans défaut, pris du troupeau d'après ton estimation.

7. (5 :26) Et le sacrificateur fera pour lui l'expiation devant l'Éternel, et il lui sera pardonné, quelle que soit la faute dont il se sera rendu coupable.

8. (6 :1) L'Éternel parla à Moïse, et dit :

9. (6 :2) Donne cet ordre à Aaron et à ses fils, et dis : Voici la loi de l'holocauste. L'holocauste restera sur le foyer de l'autel toute la nuit jusqu'au matin, et le feu brûlera sur l'autel.

10. (6 :3) Le sacrificateur revêtira sa tunique de lin, et mettra des

caleçons sur sa chair, il enlèvera la cendre faite par le feu qui aura consumé l'holocauste sur l'autel, et il la déposera près de l'autel.

11. (6 :4) Puis il quittera ses vêtements et en mettra d'autres, pour porter la cendre hors du camp, dans un lieu pur.

12. (6 :5) Le feu brûlera sur l'autel, il ne s'éteindra point ; chaque matin, le sacrificateur y allumera du bois, arrangera l'holocauste, et brûlera la graisse des sacrifices d'actions de grâces.

13. (6 :6) Le feu brûlera continuellement sur l'autel, il ne s'éteindra point.

14. (6 :7) Voici la loi de l'offrande. Les fils d'Aaron la présenteront devant l'Éternel, devant l'autel.

15. (6 :8) Le sacrificateur prélèvera une poignée de la fleur de farine et de l'huile, avec tout l'encens ajouté à l'offrande, et il brûlera cela sur l'autel comme souvenir d'une agréable odeur à l'Éternel.

16. (6 :9) Aaron et ses fils mangeront ce qui restera de l'offrande ; ils le mangeront sans levain, dans un lieu saint, dans le parvis de la tente d'assignation.

17. (6 :10) On ne le cuira pas avec du levain. C'est la part que je leur ai donnée de mes offrandes consumées par le feu. C'est une chose très sainte, comme le sacrifice d'expiation et comme le sacrifice de culpabilité.

18. (6 :11) Tout mâle d'entre les enfants d'Aaron en mangera. C'est une loi perpétuelle pour vos descendants, au sujet des offrandes consumées par le feu devant l'Éternel : quiconque y touchera sera sanctifié.

19. (6 :12) L'Éternel parla à Moïse, et dit :

20. (6 :13) Voici l'offrande qu'Aaron et ses fils feront à l'Éternel, le jour où ils recevront l'onction : un dixième d'épha de fleur de farine, comme offrande perpétuelle, moitié le matin et moitié le soir.

21. (6 :14) Elle sera préparée à la poêle avec de l'huile, et tu l'apporteras frite ; tu la présenteras aussi cuite et en morceaux comme une offrande d'une agréable odeur à l'Éternel.

22. (6 :15) Le sacrificateur qui, parmi les fils d'Aaron, sera oint pour lui succéder, fera aussi cette offrande. C'est une loi perpétuelle devant l'Éternel : elle sera brûlée en entier.

23. (6 :16) Toute offrande d'un sacrificateur sera brûlée en entier ;
elle ne sera point mangée.

24. (6 :17) L'Éternel parla à Moïse, et dit :

25. (6 :18) Parle à Aaron et à ses fils, et dis : Voici la loi du sacrifice
d'expiation. C'est dans le lieu où l'on égorge l'holocauste que sera
égorgée devant l'Éternel la victime pour le sacrifice d'expiation : c'est
une chose très sainte.

26. (6 :19) Le sacrificateur qui offrira la victime expiatoire la
mangera ; elle sera mangée dans un lieu saint, dans le parvis de la
tente d'assignation.

27. (6 :20) Quiconque en touchera la chair sera sanctifié. S'il en
rejaillit du sang sur un vêtement, la place sur laquelle il aura rejailli
sera lavée dans un lieu saint.

28. (6 :21) Le vase de terre dans lequel elle aura cuit sera brisé ; si
c'est dans un vase d'airain qu'elle a cuit, il sera nettoyé et lavé dans
l'eau.

29. (6 :22) Tout mâle parmi les sacrificateurs en mangera : c'est une
chose très sainte.

30. (6 :23) Mais on ne mangera aucune victime expiatoire dont on
apportera du sang dans la tente d'assignation, pour faire l'expiation
dans le sanctuaire : elle sera brûlée au feu.

Lévitique 7

1. Voici la loi du sacrifice de culpabilité : c'est une chose très sainte.

2. C'est dans le lieu où l'on égorge l'holocauste que sera égorgée la victime pour le sacrifice de culpabilité. On en répandra le sang sur l'autel tout autour.

3. On en offrira toute la graisse, la queue, la graisse qui couvre les entrailles,

4. les deux rognons, et la graisse qui les entoure, qui couvre les flancs, et le grand lobe du foie, qu'on détachera près des rognons.

5. Le sacrificateur brûlera cela sur l'autel en sacrifice consumé devant l'Éternel. C'est un sacrifice de culpabilité.

6. Tout mâle parmi les sacrificateurs en mangera ; il le mangera dans un lieu saint : c'est une chose très sainte.

7. Il en est du sacrifice de culpabilité comme du sacrifice d'expiation ; la loi est la même pour ces deux sacrifices : la victime sera pour le sacrificateur qui fera l'expiation.

8. Le sacrificateur qui offrira l'holocauste de quelqu'un aura pour lui la peau de l'holocauste qu'il a offert.

9. Toute offrande cuite au four, préparée sur le gril ou à la poêle, sera pour le sacrificateur qui l'a offerte.

10. Toute offrande pétrie à l'huile et sèche sera pour tous les fils d'Aaron, pour l'un comme pour l'autre.

11. Voici la loi du sacrifice d'actions de grâces, qu'on offrira à l'Éternel.

12. Si quelqu'un l'offre par reconnaissance, il offrira, avec le sacrifice d'actions de grâces, des gâteaux sans levain pétris à l'huile, des galettes sans levain arrosées d'huile, et des gâteaux de fleur de farine

frite et pétris à l'huile.

13. A ces gâteaux il ajoutera du pain levé pour son offrande, avec son sacrifice de reconnaissance et d'actions de grâces.

14. On présentera par élévation à l'Éternel une portion de chaque offrande ; elle sera pour le sacrificateur qui a répandu le sang de la victime d'actions de grâces.

15. La chair du sacrifice de reconnaissance et d'actions de grâces sera mangée le jour où il est offert ; on n'en laissera rien jusqu'au matin.

16. Si quelqu'un offre un sacrifice pour l'accomplissement d'un voeu ou comme offrande volontaire, la victime sera mangée le jour où il l'offrira, et ce qui en restera sera mangé le lendemain.

17. Ce qui restera de la chair de la victime sera brûlé au feu le troisième jour.

18. Dans le cas où l'on mangerait de la chair de son sacrifice d'actions de grâces le troisième jour, le sacrifice ne sera point agréé ; il n'en sera pas tenu compte à celui qui l'a offert ; ce sera une chose infecte, et quiconque en mangera restera chargé de sa faute.

19. La chair qui a touché quelque chose d'impur ne sera point mangée : elle sera brûlée au feu.

20. Tout homme pur peut manger de la chair ; mais celui qui, se trouvant en état d'impureté, mangera de la chair du sacrifice d'actions de grâces qui appartient à l'Éternel, celui-là sera retranché de son peuple.

21. Et celui qui touchera quelque chose d'impur, une souillure humaine, un animal impur, ou quoi que ce soit d'impur, et qui mangera de la chair du sacrifice d'actions de grâces qui appartient à l'Éternel, celui-là sera retranché de son peuple.

22. L'Éternel parla à Moïse, et dit :

23. Parle aux enfants d'Israël, et dis : Vous ne mangerez point de graisse de boeuf, d'agneau ni de chèvre.

24. La graisse d'une bête morte ou déchirée pourra servir à un usage quelconque ; mais vous ne la mangerez point.

25. Car celui qui mangera de la graisse des animaux dont on offre à l'Éternel des sacrifices consumés par le feu, celui-là sera retranché de

son peuple.

26. Vous ne mangerez point de sang, ni d'oiseau, ni de bétail, dans tous les lieux où vous habiterez.

27. Celui qui mangera du sang d'une espèce quelconque, celui-là sera retranché de son peuple.

28. L'Éternel parla à Moïse, et dit :

29. Parle aux enfants d'Israël, et dis : Celui qui offrira à l'Éternel son sacrifice d'actions de grâces apportera son offrande à l'Éternel, prise sur son sacrifice d'actions de grâces.

30. Il apportera de ses propres mains ce qui doit être consumé par le feu devant l'Éternel ; il apportera la graisse avec la poitrine, la poitrine pour l'agiter de côté et d'autre devant l'Éternel.

31. Le sacrificateur brûlera la graisse sur l'autel, et la poitrine sera pour Aaron et pour ses fils.

32. Dans vos sacrifices d'actions de grâces, vous donnerez au sacrificateur l'épaule droite, en la présentant par élévation.

33. Celui des fils d'Aaron qui offrira le sang et la graisse du sacrifice d'actions de grâces aura l'épaule droite pour sa part.

34. Car je prends sur les sacrifices d'actions de grâces offerts par les enfants d'Israël la poitrine qu'on agitera de côté et d'autre et l'épaule qu'on présentera par élévation, et je les donne au sacrificateur Aaron et à ses fils, par une loi perpétuelle qu'observeront les enfants d'Israël.

35. C'est là le droit que l'onction d'Aaron et de ses fils leur donnera sur les sacrifices consumés par le feu devant l'Éternel, depuis le jour où ils seront présentés pour être à mon service dans le sacerdoce.

36. C'est ce que l'Éternel ordonne aux enfants d'Israël de leur donner depuis le jour de leur onction ; ce sera une loi perpétuelle parmi leurs descendants.

37. Telle est la loi de l'holocauste, de l'offrande, du sacrifice d'expiation, du sacrifice de culpabilité, de la consécration, et du sacrifice d'actions de grâces.

38. L'Éternel la prescrivit à Moïse sur la montagne de Sinaï, le jour où il ordonna aux enfants d'Israël de présenter leurs offrandes à l'Éternel dans le désert du Sinaï.

Lévitique 8

1. L'Éternel parla à Moïse, et dit :
2. Prends Aaron et ses fils avec lui, les vêtements, l'huile d'onction, le taureau expiatoire, les deux béliers et la corbeille de pains sans levain ;
3. et convoque toute l'assemblée à l'entrée de la tente d'assignation.
4. Moïse fit ce que l'Éternel lui avait ordonné ; et l'assemblée se réunit à l'entrée de la tente d'assignation.
5. Moïse dit à l'assemblée : Voici ce que l'Éternel a ordonné de faire.
6. Moïse fit approcher Aaron et ses fils, et il les lava avec de l'eau.
7. Il mit à Aaron la tunique, il le ceignit de la ceinture, il le revêtit de la robe, et il plaça sur lui l'éphod, qu'il serra avec la ceinture de l'éphod dont il le revêtit.
8. Il lui mit le pectoral, et il joignit au pectoral l'urim et le thummim.
9. Il posa la tiare sur sa tête, et il plaça sur le devant de la tiare la lame d'or, diadème sacré, comme l'Éternel l'avait ordonné à Moïse.
10. Moïse prit l'huile d'onction, il oignit le sanctuaire et toutes les choses qui y étaient, et le sanctifia.
11. Il en fit sept fois l'aspersion sur l'autel, et il oignit l'autel et tous ses ustensiles, et la cuve avec sa base, afin de les sanctifier.
12. Il répandit de l'huile d'onction sur la tête d'Aaron, et l'oignit, afin de la sanctifier.
13. Moïse fit aussi approcher les fils d'Aaron ; il les revêtit de tuniques, les ceignit de ceintures, et leur attacha des bonnets, comme l'Éternel l'avait ordonné à Moïse.

14. Il fit approcher le taureau expiatoire, et Aaron et ses fils posèrent

leurs mains sur la tête du taureau expiatoire.

15. Moïse l'égorgea, prit du sang, et en mit avec son doigt sur les cornes de l'autel tout autour, et purifia l'autel ; il répandit le sang au pied de l'autel, et le sanctifia pour y faire l'expiation.

16. Il prit toute la graisse qui couvre les entrailles, le grand lobe du foie, et les deux rognons avec leur graisse, et il brûla cela sur l'autel.

17. Mais il brûla au feu hors du camp le taureau, sa peau, sa chair et ses excréments, comme l'Éternel l'avait ordonné à Moïse.

18. Il fit approcher le bélier de l'holocauste, et Aaron et ses fils posèrent leurs mains sur la tête du bélier.

19. Moïse l'égorgea, et répandit le sang sur l'autel tout autour.

20. Il coupa le bélier par morceaux, et il brûla la tête, les morceaux et la graisse.

21. Il lava avec de l'eau les entrailles et les jambes, et il brûla tout le bélier sur l'autel : ce fut l'holocauste, ce fut un sacrifice consumé par le feu, d'une agréable odeur à l'Éternel, comme l'Éternel l'avait ordonné à Moïse.

22. Il fit approcher l'autre bélier, le bélier de consécration, et Aaron et ses fils posèrent leurs mains sur la tête du bélier.

23. Moïse égorgea le bélier, prit de son sang, et en mit sur le lobe de l'oreille droite d'Aaron, sur le pouce de sa main droite et sur le gros orteil de son pied droit.

24. Il fit approcher les fils d'Aaron, mit du sang sur le lobe de leur oreille droite, sur le pouce de leur main droite et sur le gros orteil de leur pied droit, et il répandit le sang sur l'autel tout autour.

25. Il prit la graisse, la queue, toute la graisse qui couvre les entrailles, le grand lobe du foie, les deux rognons avec leur graisse, et l'épaule droite ;

26. il prit aussi dans la corbeille de pains sans levain, placée devant l'Éternel, un gâteau sans levain, un gâteau de pain à l'huile et une galette, et il les posa sur les graisses et sur l'épaule droite.

27. Il mit toutes ces choses sur les mains d'Aaron et sur les mains de ses fils, et il les agita de côté et d'autre devant l'Éternel.

28. Puis Moïse les ôta de leurs mains, et il les brûla sur l'autel, pardessus l'holocauste : ce fut le sacrifice de consécration, ce fut un

sacrifice consumé par le feu, d'une agréable odeur à l'Éternel.

29. Moïse prit la poitrine du bélier de consécration, et il l'agita de côté et d'autre devant l'Éternel : ce fut la portion de Moïse, comme l'Éternel l'avait ordonné à Moïse.

30. Moïse prit de l'huile d'onction et du sang qui était sur l'autel ; il en fit l'aspersion sur Aaron et sur ses vêtements, sur les fils d'Aaron et sur leurs vêtements ; et il sanctifia Aaron et ses vêtements, les fils d'Aaron et leurs vêtements avec lui.

31. Moïse dit à Aaron et à ses fils : Faites cuire la chair à l'entrée de la tente d'assignation ; c'est là que vous la mangerez, avec le pain qui est dans la corbeille de consécration, comme je l'ai ordonné, en disant : Aaron et ses fils la mangeront.

32. Vous brûlerez dans le feu ce qui restera de la chair et du pain.

33. Pendant sept jours, vous ne sortirez point de l'entrée de la tente d'assignation, jusqu'à ce que les jours de votre consécration soient accomplis ; car sept jours seront employés à vous consacrer.

34. Ce qui s'est fait aujourd'hui, l'Éternel a ordonné de le faire comme expiation pour vous.

35. Vous resterez donc sept jours à l'entrée de la tente d'assignation, jour et nuit, et vous observerez les commandements de l'Éternel, afin que vous ne mouriez pas ; car c'est là ce qui m'a été ordonné.

36. Aaron et ses fils firent toutes les choses que l'Éternel avait ordonnées par Moïse.

Lévitique 9

1. Le huitième jour, Moïse appela Aaron et ses fils, et les anciens d'Israël.

2. Il dit à Aaron : Prends un jeune veau pour le sacrifice d'expiation, et un bélier pour l'holocauste, l'un et l'autre sans défaut, et sacrifie-les devant l'Éternel.

3. Tu parleras aux enfants d'Israël, et tu diras : Prenez un bouc, pour le sacrifice d'expiation, un veau et un agneau, âgés d'un an et sans défaut, pour l'holocauste ;

4. un boeuf et un bélier, pour le sacrifice d'actions de grâces, afin de les sacrifier devant l'Éternel ; et une offrande pétrie à l'huile. Car aujourd'hui l'Éternel vous apparaîtra.

5. Ils amenèrent devant la tente d'assignation ce que Moïse avait ordonné ; et toute l'assemblée s'approcha, et se tint devant l'Éternel.

6. Moïse dit : Vous ferez ce que l'Éternel a ordonné ; et la gloire de l'Éternel vous apparaîtra.

7. Moïse dit à Aaron : Approche-toi de l'autel ; offre ton sacrifice d'expiation et ton holocauste, et fais l'expiation pour toi et pour le peuple ; offre aussi le sacrifice du peuple, et fais l'expiation pour lui, comme l'Éternel l'a ordonné.

8. Aaron s'approcha de l'autel, et il égorgea le veau pour son sacrifice d'expiation.

9. Les fils d'Aaron lui présentèrent le sang ; il trempa son doigt dans le sang, en mit sur les cornes de l'autel, et répandit le sang au pied de l'autel.

10. Il brûla sur l'autel la graisse, les rognons, et le grand lobe du foie de la victime expiatoire, comme l'Éternel l'avait ordonné à Moïse.

11. Mais il brûla au feu hors du camp la chair et la peau.

12. Il égorgea l'holocauste. Les fils d'Aaron lui présentèrent le sang, et il le répandit sur l'autel tout autour.

13. Ils lui présentèrent l'holocauste coupé par morceaux, avec la tête, et il les brûla sur l'autel.

14. Il lava les entrailles et les jambes, et il les brûla sur l'autel, par dessus l'holocauste.

15. Ensuite, il offrit le sacrifice du peuple. Il prit le bouc pour le sacrifice expiatoire du peuple, il l'égorgea, et l'offrit en expiation, comme la première victime.

16. Il offrit l'holocauste, et le sacrifia, d'après les règles établies.

17. Il présenta l'offrande, en prit une poignée, et la brûla sur l'autel, outre l'holocauste du matin.

18. Il égorgea le boeuf et le bélier, en sacrifice d'actions de grâces pour le peuple. Les fils d'Aaron lui présentèrent le sang, et il le répandit sur l'autel tout autour.

19. Ils lui présentèrent la graisse du boeuf et du bélier, la queue, la graisse qui couvre les entrailles, les rognons, et le grand lobe du foie ;

20. ils mirent les graisses sur les poitrines, et il brûla les graisses sur l'autel.

21. Aaron agita de côté et d'autre devant l'Éternel les poitrines et l'épaule droite, comme Moïse l'avait ordonné.

22. Aaron leva ses mains vers le peuple, et il le bénit. Puis il descendit, après avoir offert le sacrifice d'expiation, l'holocauste et le sacrifice d'actions de grâces.

23. Moïse et Aaron entrèrent dans la tente d'assignation. Lorsqu'ils en sortirent, ils bénirent le peuple. Et la gloire de l'Éternel apparut à tout le peuple.

24. Le feu sortit de devant l'Éternel, et consuma sur l'autel l'holocauste et les graisses. Tout le peuple le vit ; et ils poussèrent des cris de joie, et se jetèrent sur leur face.

Lévitique 10

1. Les fils d'Aaron, Nadab et Abihu, prirent chacun un brasier, y mirent du feu, et posèrent du parfum dessus ; ils apportèrent devant l'Éternel du feu étranger, ce qu'il ne leur avait point ordonné.

2. Alors le feu sortit de devant l'Éternel, et les consuma : ils moururent devant l'Éternel.

3. Moïse dit à Aaron : C'est ce que l'Éternel a déclaré, lorsqu'il a dit : Je serai sanctifié par ceux qui s'approchent de moi, et je serai glorifié en présence de tout le peuple. Aaron garda le silence.

4. Et Moïse appela Mischaël et Eltsaphan, fils d'Uziel, oncle d'Aaron, et il leur dit : Approchez-vous, emportez vos frères loin du sanctuaire, hors du camp.

5. Ils s'approchèrent, et ils les emportèrent dans leurs tuniques hors du camp, comme Moïse l'avait dit.

6. Moïse dit à Aaron, à Éléazar et à Ithamar, fils d'Aaron : Vous ne découvrirez point vos têtes, et vous ne déchirerez point vos vêtements, de peur que vous ne mouriez, et que l'Éternel ne s'irrite contre toute l'assemblée. Laissez vos frères, toute la maison d'Israël, pleurer sur l'embrasement que l'Éternel a allumé.

7. Vous ne sortirez point de l'entrée de la tente d'assignation, de peur que vous ne mouriez ; car l'huile de l'onction de l'Éternel est sur vous. Ils firent ce que Moïse avait dit.

8. L'Éternel parla à Aaron, et dit :

9. Tu ne boiras ni vin, ni boisson enivrante, toi et tes fils avec toi, lorsque vous entrerez dans la tente d'assignation, de peur que vous ne mouriez : ce sera une loi perpétuelle parmi vos descendants,

10. afin que vous puissiez distinguer ce qui est saint de ce qui est

profane, ce qui est impur de ce qui est pur,

11. et enseigner aux enfants d'Israël toutes les lois que l'Éternel leur a données par Moïse.

12. Moïse dit à Aaron, à Éléazar et à Ithamar, les deux fils qui restaient à Aaron : Prenez ce qui reste de l'offrande parmi les sacrifices consumés par le feu devant l'Éternel, et mangez-le sans levain près de l'autel : car c'est une chose très sainte.

13. Vous le mangerez dans un lieu saint ; c'est ton droit et le droit de tes fils sur les offrandes consumées par le feu devant l'Éternel ; car c'est là ce qui m'a été ordonné.

14. Vous mangerez aussi dans un lieu pur, toi, tes fils et tes filles avec toi, la poitrine qu'on a agitée de côté et d'autre et l'épaule qui a été présentée par élévation ; car elles vous sont données, comme ton droit et le droit de tes fils, dans les sacrifices d'actions de grâces des enfants d'Israël.

15. Ils apporteront, avec les graisses destinées à être consumées par le feu, l'épaule que l'on présente par élévation et la poitrine que l'on agite de côté et d'autre devant l'Éternel : elles seront pour toi et pour tes fils avec toi, par une loi perpétuelle, comme l'Éternel l'a ordonné.

16. Moïse chercha le bouc expiatoire ; et voici, il avait été brûlé. Alors il s'irrita contre Éléazar et Ithamar, les fils qui restaient à Aaron, et il dit :

17. Pourquoi n'avez-vous pas mangé la victime expiatoire dans le lieu saint ? C'est une chose très sainte ; et l'Éternel vous l'a donnée, afin que vous portiez l'iniquité de l'assemblée, afin que vous fassiez pour elle l'expiation devant l'Éternel.

18. Voici, le sang de la victime n'a point été porté dans l'intérieur du sanctuaire ; vous deviez la manger dans le sanctuaire, comme cela m'avait été ordonné.

19. Aaron dit à Moïse : Voici, ils ont offert aujourd'hui leur sacrifice d'expiation et leur holocauste devant l'Éternel ; et, après ce qui m'est arrivé, si j'eusse mangé aujourd'hui la victime expiatoire, cela aurait-il été bien aux yeux de l'Éternel ?

20. Moïse entendit et approuva ces paroles.

Lévitique 11

1. L'Éternel parla à Moïse et à Aaron, et leur dit :
2. Parlez aux enfants d'Israël, et dites : Voici les animaux dont vous mangerez parmi toutes les bêtes qui sont sur la terre.
3. Vous mangerez de tout animal qui a la corne fendue, le pied fourchu, et qui rumine.
4. Mais vous ne mangerez pas de ceux qui ruminent seulement, ou qui ont la corne fendue seulement. Ainsi, vous ne mangerez pas le chameau, qui rumine, mais qui n'a pas la corne fendue : vous le regarderez comme impur.
5. Vous ne mangerez pas le daman, qui rumine, mais qui n'a pas la corne fendue : vous le regarderez comme impur.
6. Vous ne mangerez pas le lièvre, qui rumine, mais qui n'a pas la corne fendue : vous le regarderez comme impur.
7. Vous ne mangerez pas le porc, qui a la corne fendue et le pied fourchu, mais qui ne rumine pas : vous le regarderez comme impur.
8. Vous ne mangerez pas de leur chair, et vous ne toucherez pas leurs corps morts : vous les regarderez comme impurs.
9. Voici les animaux dont vous mangerez parmi tous ceux qui sont dans les eaux. Vous mangerez de tous ceux qui ont des nageoires et des écailles, et qui sont dans les eaux, soit dans les mers, soit dans les rivières.
10. Mais vous aurez en abomination tous ceux qui n'ont pas des nageoires et des écailles, parmi tout ce qui se meut dans les eaux et tout ce qui est vivant dans les eaux, soit dans les mers, soit dans les rivières.

11. Vous les aurez en abomination, vous ne mangerez pas de leur chair, et vous aurez en abomination leurs corps morts.

12. Vous aurez en abomination tous ceux qui, dans les eaux, n'ont pas des nageoires et des écailles.

13. Voici, parmi les oiseaux, ceux que vous aurez en abomination, et dont on ne mangera pas : l'aigle, l'orfraie et l'aigle de mer ;

14. le milan, l'autour et ce qui est de son espèce ;

15. le corbeau et toutes ses espèces ;

16. l'autruche, le hibou, la mouette, l'épervier et ce qui est de son espèce ;

17. le chat-huant, le plongeon et la chouette ;

18. le cygne, le pélican et le cormoran ;

19. la cigogne, le héron et ce qui est de son espèce, la huppe et la chauve-souris.

20. Vous aurez en abomination tout reptile qui vole et qui marche sur quatre pieds.

21. Mais, parmi tous les reptiles qui volent et qui marchent sur quatre pieds, vous mangerez ceux qui ont des jambes au-dessus de leurs pieds, pour sauter sur la terre.

22. Voici ceux que vous mangerez : la sauterelle, le solam, le hargol et le hagab, selon leurs espèces.

23. Vous aurez en abomination tous les autres reptiles qui volent et qui ont quatre pieds.

24. Ils vous rendront impurs : quiconque touchera leurs corps morts sera impur jusqu'au soir,

25. et quiconque portera leurs corps morts lavera ses vêtements et sera impur jusqu'au soir.

26. Vous regarderez comme impur tout animal qui a la corne fendue, mais qui n'a pas le pied fourchu et qui ne rumine pas : quiconque le touchera sera impur.

27. Vous regarderez comme impurs tous ceux des animaux à quatre pieds qui marchent sur leurs pattes : quiconque touchera leurs corps morts sera impur jusqu'au soir,

28. et quiconque portera leurs corps morts lavera ses vêtements et sera impur jusqu'au soir. Vous les regarderez comme impurs.

29. Voici, parmi les animaux qui rampent sur la terre, ceux que vous regarderez comme impurs : la taupe, la souris et le lézard, selon leurs espèces ;

30. le hérisson, la grenouille, la tortue, le limaçon et le caméléon.

31. Vous les regarderez comme impurs parmi tous les reptiles : quiconque les touchera morts sera impur jusqu'au soir.

32. Tout objet sur lequel tombera quelque chose de leurs corps morts sera souillé, ustensiles de bois, vêtement, peau, sac, tout objet dont on fait usage ; il sera mis dans l'eau, et restera souillé jusqu'au soir ; après quoi, il sera pur.

33. Tout ce qui se trouvera dans un vase de terre où il en tombera quelque chose, sera souillé, et vous briserez le vase.

34. Tout aliment qui sert à la nourriture, et sur lequel il sera tombé de cette eau, sera souillé ; et toute boisson dont on fait usage, quel que soit le vase qui la contienne, sera souillée.

35. Tout objet sur lequel tombera quelque chose de leurs corps morts sera souillé ; le four et le foyer seront détruits : ils seront souillés, et vous les regarderez comme souillés.

36. Il n'y aura que les sources et les citernes, formant des amas d'eaux, qui resteront pures ; mais celui qui y touchera de leurs corps morts sera impur.

37. S'il tombe quelque chose de leurs corps morts sur une semence qui doit être semée, elle restera pure ;

38. mais si l'on a mis de l'eau sur la semence, et qu'il y tombe quelque chose de leurs corps morts, vous la regarderez comme souillée.

39. S'il meurt un des animaux qui vous servent de nourriture, celui qui touchera son corps mort sera impur jusqu'au soir ;

40. celui qui mangera de son corps mort lavera ses vêtements et sera impur jusqu'au soir, et celui qui portera son corps mort lavera ses vêtements et sera impur jusqu'au soir.

41. Vous aurez en abomination tout reptile qui rampe sur la terre : on n'en mangera point.

42. Vous ne mangerez point, parmi tous les reptiles qui rampent sur la terre, de tous ceux qui se traînent sur le ventre, ni de tous ceux qui

marchent sur quatre pieds ou sur un grand nombre de pieds ; car vous les aurez en abomination.

43. Ne rendez point vos personnes abominables par tous ces reptiles qui rampent ; ne vous rendez point impurs par eux, ne vous souillez point par eux.

44. Car je suis l'Éternel, votre Dieu ; vous vous sanctifierez, et vous serez saints, car je suis saint ; et vous ne vous rendrez point impurs par tous ces reptiles qui rampent sur la terre.

45. Car je suis l'Éternel, qui vous ai fait monter du pays d'Égypte, pour être votre Dieu, et pour que vous soyez saints ; car je suis saint.

46. Telle est la loi touchant les animaux, les oiseaux, tous les êtres vivants qui se meuvent dans les eaux, et tous les êtres qui rampent sur la terre,

47. afin que vous distinguiez ce qui est impur et ce qui est pur, l'animal qui se mange et l'animal qui ne se mange pas.

Lévitique 12

1. L'Éternel parla à Moïse, et dit :
2. Parle aux enfants d'Israël, et dis : Lorsqu'une femme deviendra enceinte, et qu'elle enfantera un mâle, elle sera impure pendant sept jours ; elle sera impure comme au temps de son indisposition menstruelle.
3. Le huitième jour, l'enfant sera circoncis.
4. Elle restera encore trente-trois jours à se purifier de son sang ; elle ne touchera aucune chose sainte, et elle n'ira point au sanctuaire, jusqu'à ce que les jours de sa purification soient accomplis.
5. Si elle enfante une fille, elle sera impure pendant deux semaines, comme au temps de son indisposition menstruelle ; elle restera soixante-six jours à se purifier de son sang.
6. Lorsque les jours de sa purification seront accomplis, pour un fils ou pour une fille, elle apportera au sacrificateur, à l'entrée de la tente d'assignation, un agneau d'un an pour l'holocauste, et un jeune pigeon ou une tourterelle pour le sacrifice d'expiation.
7. Le sacrificateur les sacrifiera devant l'Éternel, et fera pour elle l'expiation ; et elle sera purifiée du flux de son sang. Telle est la loi pour la femme qui enfante un fils ou une fille.
8. Si elle n'a pas de quoi se procurer un agneau, elle prendra deux tourterelles ou deux jeunes pigeons, l'un pour l'holocauste, l'autre pour le sacrifice d'expiation. Le sacrificateur fera pour elle l'expiation, et elle sera pure.

Lévitique 13

1. L'Éternel parla à Moïse et à Aaron, et dit :
2. Lorsqu'un homme aura sur la peau de son corps une tumeur, une dartre, ou une tache blanche, qui ressemblera à une plaie de lèpre sur la peau de son corps, on l'amènera au sacrificateur Aaron, ou à l'un de ses fils qui sont sacrificateurs.
3. Le sacrificateur examinera la plaie qui est sur la peau du corps. Si le poil de la plaie est devenu blanc, et que la plaie paraisse plus profonde que la peau du corps, c'est une plaie de lèpre : le sacrificateur qui aura fait l'examen déclarera cet homme impur.
4. S'il y a sur la peau du corps une tache blanche qui ne paraisse pas plus profonde que la peau, et que le poil ne soit pas devenu blanc, le sacrificateur enfermera pendant sept jours celui qui a la plaie.
5. Le sacrificateur l'examinera le septième jour. Si la plaie lui paraît ne pas avoir fait de progrès et ne pas s'être étendue sur la peau, le sacrificateur l'enfermera une seconde fois pendant sept jours.
6. Le sacrificateur l'examinera une seconde fois le septième jour. Si la plaie est devenue pâle et ne s'est pas étendue sur la peau, le sacrificateur déclarera cet homme pur : c'est une dartre ; il lavera ses vêtements, et il sera pur.
7. Mais si la dartre s'est étendue sur la peau, après qu'il s'est montré au sacrificateur pour être déclaré pur, il se fera examiner une seconde fois par le sacrificateur.
8. Le sacrificateur l'examinera. Si la dartre s'est étendue sur la peau, le sacrificateur le déclarera impur ; c'est la lèpre.

9. Lorsqu'il y aura sur un homme une plaie de lèpre, on l'amènera au

sacrificateur.

10. Le sacrificateur l'examinera. S'il y a sur la peau une tumeur blanche, si cette tumeur a fait blanchir le poil, et qu'il y ait une trace de chair vive dans la tumeur,

11. c'est une lèpre invétérée dans la peau du corps de cet homme : le sacrificateur le déclarera impur ; il ne l'enfermera pas, car il est impur.

12. Si la lèpre fait une éruption sur la peau et couvre toute la peau de celui qui a la plaie, depuis la tête jusqu'aux pieds, partout où le sacrificateur portera ses regards, le sacrificateur l'examinera ;

13. et quand il aura vu que la lèpre couvre tout le corps, il déclarera pur celui qui a la plaie : comme il est entièrement devenu blanc, il est pur.

14. Mais le jour où l'on apercevra en lui de la chair vive, il sera impur ;

15. quand le sacrificateur aura vu la chair vive, il le déclarera impur : la chair vive est impure, c'est la lèpre.

16. Si la chair vive change et devient blanche, il ira vers le sacrificateur ;

17. le sacrificateur l'examinera, et si la plaie est devenue blanche, le sacrificateur déclarera pur celui qui a la plaie : il est pur.

18. Lorsqu'un homme aura eu sur la peau de son corps un ulcère qui a été guéri,

19. et qu'il se manifestera, à la place où était l'ulcère, une tumeur blanche ou une tache d'un blanc rougeâtre, cet homme se montrera au sacrificateur.

20. Le sacrificateur l'examinera. Si la tache paraît plus enfoncée que la peau, et que le poil soit devenu blanc, le sacrificateur le déclarera impur : c'est une plaie de lèpre, qui a fait éruption dans l'ulcère.

21. Si le sacrificateur voit qu'il n'y a point de poil blanc dans la tache, qu'elle n'est pas plus enfoncée que la peau, et qu'elle est devenue pâle, il enfermera cet homme pendant sept jours.

22. Si la tache s'est étendue sur la peau, le sacrificateur le déclarera impur : c'est une plaie de lèpre.

23. Mais si la tache est restée à la même place et ne s'est pas étendue,

c'est une cicatrice de l'ulcère : le sacrificateur le déclarera pur.

24. Lorsqu'un homme aura eu sur la peau de son corps une brûlure par le feu, et qu'il se manifestera sur la trace de la brûlure une tache blanche ou d'un blanc rougeâtre, le sacrificateur l'examinera.

25. Si le poil est devenu blanc dans la tache, et qu'elle paraisse plus profonde que la peau, c'est la lèpre, qui a fait éruption dans la brûlure ; le sacrificateur déclarera cet homme impur : c'est une plaie de lèpre.

26. Si le sacrificateur voit qu'il n'y a point de poil blanc dans la tache, qu'elle n'est pas plus enfoncée que la peau, et qu'elle est devenu pâle, il enfermera cet homme pendant sept jours.

27. Le sacrificateur l'examinera le septième jour. Si la tache s'est étendue sur la peau, le sacrificateur le déclarera impur : c'est une plaie de lèpre.

28. Mais si la tache est restée à la même place, ne s'est pas étendue sur la peau, et est devenue pâle, c'est la tumeur de la brûlure ; le sacrificateur le déclarera pur, car c'est la cicatrice de la brûlure.

29. Lorsqu'un homme ou une femme aura une plaie à la tête ou à la barbe,

30. le sacrificateur examinera la plaie. Si elle paraît plus profonde que la peau, et qu'il y ait du poil jaunâtre et mince, le sacrificateur déclarera cet homme impur : c'est la teigne, c'est la lèpre de la tête ou de la barbe.

31. Si le sacrificateur voit que la plaie de la teigne ne paraît pas plus profonde que la peau, et qu'il n'y a point de poil noir, il enferma pendant sept jours celui qui a la plaie de la teigne.

32. Le sacrificateur examinera la plaie le septième jour. Si la teigne ne s'est pas étendue, s'il n'y a point de poil jaunâtre, et si elle ne paraît pas plus profonde que la peau,

33. celui qui a la teigne se rasera, mais il ne rasera point la place où est la teigne ; et le sacrificateur l'enfermera une seconde fois pendant sept jours.

34. Le sacrificateur examinera la teigne le septième jour. Si la teigne ne s'est pas étendue sur la peau, et si elle ne paraît pas plus profonde que la peau, le sacrificateur le déclarera pur ; il lavera ses vêtements, et il sera pur.

35. Mais si la teigne s'est étendue sur la peau, après qu'il a été déclaré pur, le sacrificateur l'examinera.
36. Et si la teigne s'est étendue sur la peau, le sacrificateur n'aura pas à rechercher s'il y a du poil jaunâtre : il est impur.

37. Si la teigne lui paraît ne pas avoir fait de progrès, et qu'il y ait crû du poil noir, la teigne est guérie : il est pur, et le sacrificateur le déclarera pur.
38. Lorsqu'un homme ou une femme aura sur la peau de son corps des taches, des taches blanches,
39. le sacrificateur l'examinera. S'il y a sur la peau de son corps des taches d'un blanc pâle, ce ne sont que des taches qui ont fait éruption sur la peau : il est pur.
40. Lorsqu'un homme aura la tête dépouillée de cheveux, c'est un chauve : il est pur.
41. S'il a la tête dépouillée de cheveux du côté de la face, c'est un chauve par-devant : il est pur.
42. Mais s'il y a dans la partie chauve de devant ou de derrière une plaie d'un blanc rougeâtre, c'est la lèpre qui a fait éruption dans la partie chauve de derrière ou de devant.
43. Le sacrificateur l'examinera. S'il y a une tumeur de plaie d'un blanc rougeâtre dans la partie chauve de derrière ou de devant, semblable à la lèpre sur la peau du corps,
44. c'est un homme lépreux, il est impur : le sacrificateur le déclarera impur ; c'est à la tête qu'est sa plaie.
45. Le lépreux, atteint de la plaie, portera ses vêtements déchirés, et aura la tête nue ; il se couvrira la barbe, et criera : Impur ! Impur !
46. Aussi longtemps qu'il aura la plaie, il sera impur : il est impur. Il habitera seul ; sa demeure sera hors du camp.
47. Lorsqu'il y aura sur un vêtement une plaie de lèpre, sur un vêtement de laine ou sur un vêtement de lin,
48. à la chaîne ou à la trame de lin, ou de laine, sur une peau ou sur quelque ouvrage de peau,
49. et que la plaie sera verdâtre ou rougeâtre sur le vêtement ou sur la peau, à la chaîne ou à la trame, ou sur un objet quelconque de peau, c'est une plaie de lèpre, et elle sera montrée au sacrificateur.

50. Le sacrificateur examinera la plaie, et il enfermera pendant sept jours ce qui en est attaqué.

51. Il examinera la plaie le septième jour. Si la plaie s'est étendue sur le vêtement, à la chaîne ou à la trame, sur la peau ou sur l'ouvrage quelconque fait de peau, c'est une plaie de lèpre invétérée : l'objet est impur.

52. Il brûlera le vêtement, la chaîne ou la trame de laine ou de lin, l'objet quelconque de peau sur lequel se trouve la plaie, car c'est une lèpre invétérée : il sera brûlé au feu.

53. Mais si le sacrificateur voit que la plaie ne s'est pas étendue sur le vêtement, sur la chaîne ou sur la trame, sur l'objet quelconque de peau,

54. il ordonnera qu'on lave ce qui est attaqué de la plaie, et il l'enfermera une seconde fois pendant sept jours.

55. Le sacrificateur examinera la plaie, après qu'elle aura été lavée. Si la plaie n'a pas changé d'aspect et ne s'est pas étendue, l'objet est impur : il sera brûlé au feu ; c'est une partie de l'endroit ou de l'envers qui a été rongée.

56. Si le sacrificateur voit que la plaie est devenue pâle, après avoir été lavée, il l'arrachera du vêtement ou de la peau, de la chaîne ou de la trame.

57. Si elle paraît encore sur le vêtement, à la chaîne ou à la trame, ou sur l'objet quelconque de peau, c'est une éruption de lèpre : ce qui est attaqué de la plaie sera brûlé au feu.

58. Le vêtement, la chaîne ou la trame, l'objet quelconque de peau, qui a été lavé, et d'où la plaie a disparu, sera lavé une seconde fois, et il sera pur.

59. Telle est la loi sur la plaie de la lèpre, lorsqu'elle attaque les vêtements de laine ou de lin, la chaîne ou la trame, ou un objet quelconque de peau, et d'après laquelle ils seront déclarés purs ou impurs.

Lévitique 14

1. L'Éternel parla à Moïse, et dit :

2. Voici quelle sera la loi sur le lépreux, pour le jour de sa purification. On l'amènera devant le sacrificateur.

3. Le sacrificateur sortira du camp, et il examinera le lépreux. Si le lépreux est guéri de la plaie de la lèpre,

4. le sacrificateur ordonnera que l'on prenne, pour celui qui doit être purifié, deux oiseaux vivants et purs, du bois de cèdre, du cramoisi et de l'hysope.

5. Le sacrificateur ordonnera qu'on égorge l'un des oiseaux sur un vase de terre, sur de l'eau vive.

6. Il prendra l'oiseau vivant, le bois de cèdre, le cramoisi et l'hysope ; et il les trempera, avec l'oiseau vivant, dans le sang de l'oiseau égorgé sur l'eau vive.

7. Il en fera sept fois l'aspersion sur celui qui doit être purifié de la lèpre. Puis il le déclarera pur, et il lâchera dans les champs l'oiseau vivant.

8. Celui qui se purifie lavera ses vêtements, rasera tout son poil, et se baignera dans l'eau ; et il sera pur. Ensuite il pourra entrer dans le camp, mais il restera sept jours hors de sa tente.

9. Le septième jour, il rasera tout son poil, sa tête, sa barbe, ses sourcils, il rasera tout son poil ; il lavera ses vêtements, et baignera son corps dans l'eau, et il sera pur.

10. Le huitième jour, il prendra deux agneaux sans défaut et une brebis d'un an sans défaut, trois dixièmes d'un épha de fleur de farine en offrande pétrie à l'huile, et un log d'huile.

11. Le sacrificateur qui fait la purification présentera l'homme qui se

purifie et toutes ces choses devant l'Éternel, à l'entrée de la tente d'assignation.

12. Le sacrificateur prendra l'un des agneaux, et il l'offrira en sacrifice de culpabilité, avec le log d'huile ; il les agitera de côté et d'autre devant l'Éternel.

13. Il égorgera l'agneau dans le lieu où l'on égorge les victimes expiatoires et les holocaustes, dans le lieu saint ; car, dans le sacrifice de culpabilité, comme dans le sacrifice d'expiation, la victime est pour le sacrificateur ; c'est une chose très sainte.

14. Le sacrificateur prendra du sang de la victime de culpabilité ; il en mettra sur le lobe de l'oreille droite de celui qui se purifie, sur le pouce de sa main droite et sur le gros orteil de son pied droit.

15. Le sacrificateur prendra du log d'huile, et il en versera dans le creux de sa main gauche.

16. Le sacrificateur trempera le doigt de sa main droite dans l'huile qui est dans le creux de sa main gauche, et il fera avec le doigt sept fois l'aspersion de l'huile devant l'Éternel.

17. Le sacrificateur mettra de l'huile qui lui reste dans la main sur le lobe de l'oreille droite de celui qui se purifie, sur le pouce de sa main droite et sur le gros orteil de son pied droit, par-dessus le sang de la victime de culpabilité.

18. Le sacrificateur mettra ce qui lui reste d'huile dans la main sur la tête de celui qui se purifie ; et le sacrificateur fera pour lui l'expiation devant l'Éternel.

19. Puis le sacrificateur offrira le sacrifice d'expiation ; et il fera l'expiation pour celui qui se purifie de sa souillure.

20. Ensuite il égorgera l'holocauste. Le sacrificateur offrira sur l'autel l'holocauste et l'offrande ; et il fera pour cet homme l'expiation, et il sera pur.

21. S'il est pauvre et que ses ressources soient insuffisantes, il prendra un seul agneau, qui sera offert en sacrifice de culpabilité, après avoir été agité de côté et d'autre, et avec lequel on fera pour lui l'expiation. Il prendra un seul dixième de fleur de farine pétrie à l'huile pour l'offrande, et un log d'huile.

22. Il prendra aussi deux tourterelles ou deux jeunes pigeons, selon ses ressources, l'un pour le sacrifice d'expiation, l'autre pour l'holocauste.

23. Le huitième jour, il apportera pour sa purification toutes ces choses au sacrificateur, à l'entrée de la tente d'assignation, devant l'Éternel.

24. Le sacrificateur prendra l'agneau pour le sacrifice de culpabilité, et le log d'huile ; et il les agitera de côté et d'autre devant l'Éternel.

25. Il égorgera l'agneau du sacrifice de culpabilité. Le sacrificateur prendra du sang de la victime de culpabilité ; il en mettra sur le lobe de l'oreille droite de celui qui se purifie, sur le pouce de sa main droite et sur le gros orteil de son pied droit.

26. Le sacrificateur versera de l'huile dans le creux de sa main gauche.

27. Le sacrificateur fera avec le doigt de sa main droite sept fois l'aspersion de l'huile qui est dans sa main gauche, devant l'Éternel.

28. Le sacrificateur mettra de l'huile qui est dans sa main sur le lobe de l'oreille droite de celui qui se purifie, sur le pouce de sa main droite et sur le gros orteil de son pied droit, à la place où il a mis du sang de la victime de culpabilité.

29. Le sacrificateur mettra ce qui lui reste d'huile dans la main sur la tête de celui qui se purifie, afin de faire pour lui l'expiation devant l'Éternel.

30. Puis il offrira l'une des tourterelles ou l'un des jeunes pigeons qu'il a pu se procurer,

31. l'un en sacrifice d'expiation, l'autre en holocauste, avec l'offrande ; et le sacrificateur fera pour celui qui se purifie l'expiation devant l'Éternel.

32. Telle est la loi pour la purification de celui qui a une plaie de lèpre, et dont les ressources sont insuffisantes.

33. L'Éternel parla à Moïse et à Aaron, et dit :

34. Lorsque vous serez entrés dans le pays de Canaan, dont je vous donne la possession ; si je mets une plaie de lèpre sur une maison du pays que vous posséderez,

35. celui à qui appartiendra la maison ira le déclarer au sacrificateur,

et dira : J'aperçois comme une plaie dans ma maison.

36. Le sacrificateur, avant d'y entrer pour examiner la plaie, ordonnera qu'on vide la maison, afin que tout ce qui y est ne devienne pas impur. Après cela, le sacrificateur entrera pour examiner la maison.

37. Le sacrificateur examinera la plaie. S'il voit qu'elle offre sur les murs de la maison des cavités verdâtres ou rougeâtres, paraissant plus enfoncées que le mur,

38. il sortira de la maison, et, quand il sera à la porte, il fera fermer la maison pour sept jours.

39. Le sacrificateur y retournera le septième jour. S'il voit que la plaie s'est étendue sur les murs de la maison,

40. il ordonnera qu'on ôte les pierres attaquées de la plaie, et qu'on les jette hors de la ville, dans un lieu impur.

41. Il fera râcler tout l'intérieur de la maison ; et l'on jettera hors de la ville, dans un lieu impur, la poussière qu'on aura râclée.

42. On prendra d'autres pierres, que l'on mettra à la place des premières ; et l'on prendra d'autre mortier, pour recrépir la maison.

43. Si la plaie revient et fait éruption dans la maison, après qu'on a ôté les pierres, râclé et recrépi la maison,

44. le sacrificateur y retournera. S'il voit que la plaie s'est étendue dans la maison, c'est une lèpre invétérée dans la maison : elle est impure.

45. On abattra la maison, les pierres, le bois, et tout le mortier de la maison ; et l'on portera ces choses hors de la ville dans un lieu impur.

46. Celui qui sera entré dans la maison pendant tout le temps qu'elle était fermée sera impur jusqu'au soir.

47. Celui qui aura couché dans la maison lavera ses vêtements. Celui qui aura mangé dans la maison lavera aussi ses vêtements.

48. Si le sacrificateur, qui est retourné dans la maison, voit que la plaie ne s'est pas étendue, après que la maison a été recrépie, il déclarera la maison pure, car la plaie est guérie.

49. Il prendra, pour purifier la maison, deux oiseaux, du bois de cèdre, du cramoisi et de l'hysope.

50. Il égorgera l'un des oiseaux sur un vase de terre, sur de l'eau vive.

51. Il prendra le bois de cèdre, l'hysope, le cramoisi et l'oiseau vivant ; il les trempera dans le sang de l'oiseau égorgé et dans l'eau vive, et il en fera sept fois l'aspersion sur la maison.

52. Il purifiera la maison avec le sang de l'oiseau, avec de l'eau vive, avec l'oiseau vivant, avec le bois de cèdre, l'hysope et le cramoisi.
53. Il lâchera l'oiseau vivant hors de la ville, dans les champs. C'est ainsi qu'il fera pour la maison l'expiation, et elle sera pure.
54. Telle est la loi pour toute plaie de lèpre et pour la teigne,
55. pour la lèpre des vêtements et des maisons,
56. pour les tumeurs, les dartres et les taches :
57. elle enseigne quand une chose est impure, et quand elle est pure. Telle est la loi sur la lèpre.

Lévitique 15

1. L'Éternel parla à Moïse et à Aaron, et dit :
2. Parlez aux enfants d'Israël, et dites-leur : Tout homme qui a une gonorrhée est par là même impur.
3. C'est à cause de sa gonorrhée qu'il est impur : que sa chair laisse couler son flux, ou qu'elle le retienne, il est impur.
4. Tout lit sur lequel il couchera sera impur, et tout objet sur lequel il s'assiéra sera impur.
5. Celui qui touchera son lit lavera ses vêtements, se lavera dans l'eau, et sera impur jusqu'au soir.
6. Celui qui s'assiéra sur l'objet sur lequel il s'est assis lavera ses vêtements, se lavera dans l'eau, et sera impur jusqu'au soir.
7. Celui qui touchera sa chair lavera ses vêtements, se lavera dans l'eau, et sera impur jusqu'au soir.
8. S'il crache sur un homme pur, cet homme lavera ses vêtements, se lavera dans l'eau, et sera impur jusqu'au soir.
9. Toute monture sur laquelle il s'assiéra sera impure.
10. Celui qui touchera une chose quelconque qui a été sous lui sera impur jusqu'au soir ; et celui qui la portera lavera ses vêtements, se lavera dans l'eau, et sera impur jusqu'au soir.
11. Celui qui sera touché par lui, et qui ne se sera pas lavé les mains dans l'eau, lavera ses vêtements, se lavera dans l'eau, et sera impur jusqu'au soir.
12. Tout vase de terre qui sera touché par lui sera brisé, et tout vase de bois sera lavé dans l'eau.
13. Lorsqu'il sera purifié de son flux, il comptera sept jours pour sa purification ; il lavera ses vêtements, il lavera sa chair avec de l'eau

vive, et il sera pur.

14. Le huitième jour, il prendra deux tourterelles ou deux jeunes pigeons, il ira devant l'Éternel, à l'entrée de la tente d'assignation, et il les donnera au sacrificateur.
15. Le sacrificateur les offrira, l'un en sacrifice d'expiation, et l'autre en holocauste ; et le sacrificateur fera pour lui l'expiation devant l'Éternel, à cause de son flux.
16. L'homme qui aura une pollution lavera tout son corps dans l'eau, et sera impur jusqu'au soir.
17. Tout vêtement et toute peau qui en seront atteints seront lavés dans l'eau, et seront impurs jusqu'au soir.
18. Si une femme a couché avec un tel homme, ils se laveront l'un et l'autre, et seront impurs jusqu'au soir.
19. La femme qui aura un flux, un flux de sang en sa chair, restera sept jours dans son impureté. Quiconque la touchera sera impur jusqu'au soir.
20. Tout lit sur lequel elle couchera pendant son impureté sera impur, et tout objet sur lequel elle s'assiéra sera impur.
21. Quiconque touchera son lit lavera ses vêtements, se lavera dans l'eau, et sera impur jusqu'au soir.
22. Quiconque touchera un objet sur lequel elle s'est assise lavera ses vêtements, se lavera dans l'eau, et sera impur jusqu'au soir.
23. S'il y a quelque chose sur le lit ou sur l'objet sur lequel elle s'est assise, celui qui la touchera sera impur jusqu'au soir.
24. Si un homme couche avec elle et que l'impureté de cette femme vienne sur lui, il sera impur pendant sept jours, et tout lit sur lequel il couchera sera impur.

25. La femme qui aura un flux de sang pendant plusieurs jours hors de ses époques régulières, ou dont le flux durera plus qu'à l'ordinaire, sera impure tout le temps de son flux, comme au temps de son indisposition menstruelle.
26. Tout lit sur lequel elle couchera pendant la durée de ce flux sera comme le lit de son flux menstruel, et tout objet sur lequel elle s'assiéra sera impur comme lors de son flux menstruel.

27. Quiconque les touchera sera souillé ; il lavera ses vêtements, se lavera dans l'eau, et sera impur jusqu'au soir.

28. Lorsqu'elle sera purifiée de son flux, elle comptera sept jours, après lesquels elle sera pure.

29. Le huitième jour, elle prendra deux tourterelles ou deux jeunes pigeons, et elle les apportera au sacrificateur, à l'entrée de la tente d'assignation.

30. Le sacrificateur offrira l'un en sacrifice d'expiation, et l'autre en holocauste ; et le sacrificateur fera pour elle l'expiation devant l'Éternel, à cause du flux qui la rendait impure.

31. Vous éloignerez les enfants d'Israël de leurs impuretés, de peur qu'ils ne meurent à cause de leurs impuretés, s'ils souillent mon tabernacle qui est au milieu d'eux.

32. Telle est la loi pour celui qui a une gonorrhée ou qui est souillé par une pollution,

33. pour celle qui a son flux menstruel, pour l'homme ou la femme qui a un flux, et pour l'homme qui couche avec une femme impure.

Lévitique 16

1. L'Éternel parla à Moïse, après la mort des deux fils d'Aaron, qui moururent en se présentant devant l'Éternel.

2. L'Éternel dit à Moïse : Parle à ton frère Aaron, afin qu'il n'entre pas en tout temps dans le sanctuaire, au dedans du voile, devant le propitiatoire qui est sur l'arche, de peur qu'il ne meure ; car j'apparaîtrai dans la nuée sur le propitiatoire.

3. Voici de quelle manière Aaron entrera dans le sanctuaire. Il prendra un jeune taureau pour le sacrifice d'expiation et un bélier pour l'holocauste.

4. Il se revêtira de la tunique sacrée de lin, et portera sur son corps des caleçons de lin ; il se ceindra d'une ceinture de lin, et il se couvrira la tête d'une tiare de lin : ce sont les vêtements sacrés, dont il se revêtira après avoir lavé son corps dans l'eau.

5. Il recevra de l'assemblée des enfants d'Israël deux boucs pour le sacrifice d'expiation et un bélier pour l'holocauste.

6. Aaron offrira son taureau expiatoire, et il fera l'expiation pour lui et pour sa maison.

7. Il prendra les deux boucs, et il les placera devant l'Éternel, à l'entrée de la tente d'assignation.

8. Aaron jettera le sort sur les deux boucs, un sort pour l'Éternel et un sort pour Azazel.

9. Aaron fera approcher le bouc sur lequel est tombé le sort pour l'Éternel, et il l'offrira en sacrifice d'expiation.

10. Et le bouc sur lequel est tombé le sort pour Azazel sera placé vivant devant l'Éternel, afin qu'il serve à faire l'expiation et qu'il soit lâché dans le désert pour Azazel.

11. Aaron offrira son taureau expiatoire, et il fera l'expiation pour lui et pour sa maison. Il égorgera son taureau expiatoire.

12. Il prendra un brasier plein de charbons ardents ôtés de dessus l'autel devant l'Éternel, et de deux poignées de parfum odoriférants en poudre ; il portera ces choses au delà du voile ;
13. il mettra le parfum sur le feu devant l'Éternel, afin que la nuée du parfum couvre le propitiatoire qui est sur le témoignage, et il ne mourra point.
14. Il prendra du sang du taureau, et il fera l'aspersion avec son doigt sur le devant du propitiatoire vers l'orient ; il fera avec son doigt sept fois l'aspersion du sang devant le propitiatoire.
15. Il égorgera le bouc expiatoire pour le peuple, et il en portera le sang au delà du voile. Il fera avec ce sang comme il a fait avec le sang du taureau, il en fera l'aspersion sur le propitiatoire et devant le propitiatoire.
16. C'est ainsi qu'il fera l'expiation pour le sanctuaire à cause des impuretés des enfants d'Israël et de toutes les transgressions par lesquelles ils ont péché. Il fera de même pour la tente d'assignation, qui est avec eux au milieu de leurs impuretés.
17. Il n'y aura personne dans la tente d'assignation lorsqu'il entrera pour faire l'expiation dans le sanctuaire, jusqu'à ce qu'il en sorte. Il fera l'expiation pour lui et pour sa maison, et pour toute l'assemblée d'Israël.
18. En sortant, il ira vers l'autel qui est devant l'Éternel, et il fera l'expiation pour l'autel ; il prendra du sang du taureau et du bouc, et il en mettra sur les cornes de l'autel tout autour.
19. Il fera avec son doigt sept fois l'aspersion du sang sur l'autel ; il le purifiera et le sanctifiera, à cause des impuretés des enfants d'Israël.

20. Lorsqu'il aura achevé de faire l'expiation pour le sanctuaire, pour la tente d'assignation et pour l'autel, il fera approcher le bouc vivant.
21. Aaron posera ses deux mains sur la tête du bouc vivant, et il confessera sur lui toutes les iniquités des enfants d'Israël et toutes les transgressions par lesquelles ils ont péché ; il les mettra sur la tête du bouc, puis il le chassera dans le désert, à l'aide d'un homme qui aura

cette charge.

22. Le bouc emportera sur lui toutes leurs iniquités dans une terre désolée ; il sera chassé dans le désert.

23. Aaron entrera dans la tente d'assignation ; il quittera les vêtements de lin qu'il avait mis en entrant dans le sanctuaire, et il les déposera là.

24. Il lavera son corps avec de l'eau dans un lieu saint, et reprendra ses vêtements. Puis il sortira, offrira son holocauste et l'holocauste du peuple, et fera l'expiation pour lui et pour le peuple.

25. Il brûlera sur l'autel la graisse de la victime expiatoire.

26. Celui qui aura chassé le bouc pour Azazel lavera ses vêtements, et lavera son corps dans l'eau ; après cela, il rentrera dans le camp.

27. On emportera hors du camp le taureau expiatoire et le bouc expiatoire dont on a porté le sang dans le sanctuaire pour faire l'expiation, et l'on brûlera au feu leurs peaux, leur chair et leurs excréments.

28. Celui qui les brûlera lavera ses vêtements, et lavera son corps dans l'eau ; après cela, il rentrera dans le camp.

29. C'est ici pour vous une loi perpétuelle : au septième mois, le dixième jour du mois, vous humilierez vos âmes, vous ne ferez aucun ouvrage, ni l'indigène, ni l'étranger qui séjourne au milieu de vous.

30. Car en ce jour on fera l'expiation pour vous, afin de vous purifier : vous serez purifiés de tous vos péchés devant l'Éternel.

31. Ce sera pour vous un sabbat, un jour de repos, et vous humilierez vos âmes. C'est une loi perpétuelle.

32. L'expiation sera faite par le sacrificateur qui a reçu l'onction et qui a été consacré pour succéder à son père dans le sacerdoce ; il se revêtira des vêtements de lin, des vêtements sacrés.

33. Il fera l'expiation pour le sanctuaire de sainteté, il fera l'expiation pour la tente d'assignation et pour l'autel, et il fera l'expiation pour les sacrificateurs et pour tout le peuple de l'assemblée.

34. Ce sera pour vous une loi perpétuelle : il se fera une fois chaque année l'expiation pour les enfants d'Israël, à cause de leurs péchés. On fit ce que l'Éternel avait ordonné à Moïse.

Lévitique 17

1. L'Éternel parla à Moïse, et dit :
2. Parle à Aaron et à ses fils, et à tous les enfants d'Israël, et tu leur diras : Voici ce que l'Éternel a ordonné.
3. Si un homme de la maison d'Israël égorge dans le camp ou hors du camp un boeuf, un agneau ou une chèvre,
4. et ne l'amène pas à l'entrée de la tente d'assignation, pour en faire une offrande à l'Éternel devant le tabernacle de l'Éternel, le sang sera imputé à cet homme ; il a répandu le sang, cet homme-là sera retranché du milieu de son peuple.
5. C'est afin que les enfants d'Israël, au lieu de sacrifier leurs victimes dans les champs, les amènent au sacrificateur, devant l'Éternel, à l'entrée de la tente d'assignation, et qu'ils les offrent à l'Éternel en sacrifices d'actions de grâces.
6. Le sacrificateur en répandra le sang sur l'autel de l'Éternel, à l'entrée de la tente d'assignation ; et il brûlera la graisse, qui sera d'une agréable odeur à l'Éternel.
7. Ils n'offriront plus leurs sacrifices aux boucs, avec lesquels ils se prostituent. Ce sera une loi perpétuelle pour eux et pour leurs descendants.
8. Tu leur diras donc : Si un homme de la maison d'Israël ou des étrangers qui séjournent au milieu d'eux offre un holocauste ou une victime,
9. et ne l'amène pas à l'entrée de la tente d'assignation, pour l'offrir en sacrifice à l'Éternel, cet homme-là sera retranché de son peuple.
10. Si un homme de la maison d'Israël ou des étrangers qui séjournent au milieu d'eux mange du sang d'une espèce quelconque,

je tournerai ma face contre celui qui mange le sang, et je le retrancherai du milieu de son peuple.

11. Car l'âme de la chair est dans le sang. Je vous l'ai donné sur l'autel, afin qu'il servît d'expiation pour vos âmes, car c'est par l'âme que le sang fait l'expiation.
12. C'est pourquoi j'ai dit aux enfants d'Israël : Personne d'entre vous ne mangera du sang, et l'étranger qui séjourne au milieu de vous ne mangera pas du sang.
13. Si quelqu'un des enfants d'Israël ou des étrangers qui séjournent au milieu d'eux prend à la chasse un animal ou un oiseau qui se mange, il en versera le sang et le couvrira de poussière.
14. Car l'âme de toute chair, c'est son sang, qui est en elle. C'est pourquoi j'ai dit aux enfants d'Israël : Vous ne mangerez le sang d'aucune chair ; car l'âme de toute chair, c'est son sang : quiconque en mangera sera retranché.
15. Toute personne, indigène ou étrangère, qui mangera d'une bête morte ou déchirée, lavera ses vêtements, se lavera dans l'eau, et sera impure jusqu'au soir ; puis elle sera pure.
16. Si elle ne lave pas ses vêtements, et ne lave pas son corps, elle portera la peine de sa faute.

Lévitique 18

1. L'Éternel parla à Moïse, et dit :

2. Parle aux enfants d'Israël, et tu leur diras : Je suis l'Éternel, votre Dieu.

3. Vous ne ferez point ce qui se fait dans le pays d'Égypte où vous avez habité, et vous ne ferez point ce qui se fait dans le pays de Canaan où je vous mène : vous ne suivrez point leurs usages.

4. Vous pratiquerez mes ordonnances, et vous observerez mes lois : vous les suivrez. Je suis l'Éternel, votre Dieu.

5. Vous observerez mes lois et mes ordonnances : l'homme qui les mettra en pratique vivra par elles. Je suis l'Éternel.

6. Nul de vous ne s'approchera de sa parente, pour découvrir sa nudité. Je suis l'Éternel.

7. Tu ne découvriras point la nudité de ton père, ni la nudité de ta mère. C'est ta mère : tu ne découvriras point sa nudité.

8. Tu ne découvriras point la nudité de la femme de ton père. C'est la nudité de ton père.

9. Tu ne découvriras point la nudité de ta soeur, fille de ton père ou fille de ta mère, née dans la maison ou née hors de la maison.

10. Tu ne découvriras point la nudité de la fille de ton fils ou de la fille de ta fille. Car c'est ta nudité.

11. Tu ne découvriras point la nudité de la fille de la femme de ton père, née de ton père. C'est ta soeur.

12. Tu ne découvriras point la nudité de la soeur de ton père. C'est la proche parente de ton père.

13. Tu ne découvriras point la nudité de la soeur de ta mère. Car c'est la proche parente de ta mère.

14. Tu ne découvriras point la nudité du frère de ton père. Tu ne t'approcheras point de sa femme. C'est ta tante.

15. Tu ne découvriras point la nudité de ta belle-fille. C'est la femme de ton fils : tu ne découvriras point sa nudité.

16. Tu ne découvriras point la nudité de la femme de ton frère. C'est la nudité de ton frère.

17. Tu ne découvriras point la nudité d'une femme et de sa fille. Tu ne prendras point la fille de son fils, ni la fille de sa fille, pour découvrir leur nudité. Ce sont tes proches parentes : c'est un crime.

18. Tu ne prendras point la soeur de ta femme, pour exciter une rivalité, en découvrant sa nudité à côté de ta femme pendant sa vie.

19. Tu ne t'approcheras point d'une femme pendant son impureté menstruelle, pour découvrir sa nudité.

20. Tu n'auras point commerce avec la femme de ton prochain, pour te souiller avec elle.

21. Tu ne livreras aucun de tes enfants pour le faire passer à Moloc, et tu ne profaneras point le nom de ton Dieu. Je suis l'Éternel.

22. Tu ne coucheras point avec un homme comme on couche avec une femme. C'est une abomination.

23. Tu ne coucheras point avec une bête, pour te souiller avec elle. La femme ne s'approchera point d'une bête, pour se prostituer à elle. C'est une confusion.

24. Ne vous souillez par aucune de ces choses, car c'est par toutes ces choses que se sont souillées les nations que je vais chasser devant vous.

25. Le pays en a été souillé ; je punirai son iniquité, et le pays vomira ses habitants.

26. Vous observerez donc mes lois et mes ordonnances, et vous ne commettrez aucune de ces abominations, ni l'indigène, ni l'étranger qui séjourne au milieu de vous.

27. Car ce sont là toutes les abominations qu'ont commises les hommes du pays, qui y ont été avant vous ; et le pays en a été souillé.

28. Prenez garde que le pays ne vous vomisse, si vous le souillez, comme il aura vomi les nations qui y étaient avant vous.

29. Car tous ceux qui commettront quelqu'une de ces abominations seront retranchés du milieu de leur peuple.

30. Vous observerez mes commandements, et vous ne pratiquerez aucun des usages abominables qui se pratiquaient avant vous, vous ne vous en souillerez pas. Je suis l'Éternel, votre Dieu.

Lévitique 19

1. L'Éternel parla à Moïse, et dit :

2. Parle à toute l'assemblée des enfants d'Israël, et tu leur diras : Soyez saints, car je suis saint, moi, l'Éternel, votre Dieu.

3. Chacun de vous respectera sa mère et son père, et observera mes sabbats. Je suis l'Éternel, votre Dieu.

4. Vous ne vous tournerez point vers les idoles, et vous ne vous ferez point des dieux de fonte.

5. Quand vous offrirez à l'Éternel un sacrifice d'actions de grâces, vous l'offrirez en sorte qu'il soit agréé.

6. La victime sera mangée le jour où vous la sacrifierez, ou le lendemain ; ce qui restera jusqu'au troisième jour sera brûlé au feu.

7. Si l'on en mange le troisième jour, ce sera une chose infecte : le sacrifice ne sera point agréé.

8. Celui qui en mangera portera la peine de son péché, car il profane ce qui est consacré à l'Éternel : cette personne-là sera retranchée de son peuple.

9. Quand vous ferez la moisson dans votre pays, tu laisseras un coin de ton champ sans le moissonner, et tu ne ramasseras pas ce qui reste à glaner.

10. Tu ne cueilleras pas non plus les grappes restées dans ta vigne, et tu ne ramasseras pas les grains qui en seront tombés. Tu abandonneras cela au pauvre et à l'étranger. Je suis l'Éternel, votre Dieu.

11. Vous ne déroberez point, et vous n'userez ni de mensonge ni de tromperie les uns envers les autres.

12. Vous ne jurerez point faussement par mon nom, car tu profanerais le nom de ton Dieu. Je suis l'Éternel.

13. Tu n'opprimeras point ton prochain, et tu ne raviras rien par violence. Tu ne retiendras point jusqu'au lendemain le salaire du mercenaire.

14. Tu ne maudiras point au sourd, et tu ne mettras devant un aveugle rien qui puisse le faire tomber ; car tu auras la crainte de ton Dieu. Je suis l'Éternel.

15. Tu ne commettras point d'iniquité dans tes jugements : tu n'auras point égard à la personne du pauvre, et tu ne favoriseras point la personne du grand, mais tu jugeras ton prochain selon la justice.

16. Tu ne répandras point de calomnies parmi ton peuple. Tu ne t'élèveras point contre le sang de ton prochain. Je suis l'Éternel.

17. Tu ne haïras point ton frère dans ton coeur ; tu auras soin de reprendre ton prochain, mais tu ne te chargeras point d'un péché à cause de lui.

18. Tu ne te vengeras point, et tu ne garderas point de rancune contre les enfants de ton peuple. Tu aimeras ton prochain comme toi-même. Je suis l'Éternel.

19. Vous observerez mes lois. Tu n'accoupleras point des bestiaux de deux espèces différentes ; tu n'ensemenceras point ton champ de deux espèces de semences ; et tu ne porteras pas un vêtement tissé de deux espèces de fils.

20. Lorsqu'un homme couchera et aura commerce avec une femme, si c'est une esclave fiancée à un autre homme, et qui n'a pas été rachetée ou affranchie, ils seront châtiés, mais non punis de mort, parce qu'elle n'a pas été affranchie.

21. L'homme amènera pour sa faute à l'Éternel, à l'entrée de la tente d'assignation, un bélier en sacrifice de culpabilité.

22. Le sacrificateur fera pour lui l'expiation devant l'Éternel, pour le péché qu'il a commis, avec le bélier offert en sacrifice de culpabilité, et le péché qu'il a commis lui sera pardonné.

23. Quand vous serez entrés dans le pays, et que vous y aurez planté toutes sortes d'arbres fruitiers, vous en regarderez les fruits comme incirconcis ; pendant trois ans, ils seront pour vous incirconcis ; on

n'en mangera point.

24. La quatrième année, tous leurs fruits seront consacrés à l'Éternel au milieu des réjouissances.

25. La cinquième année, vous en mangerez les fruits, et vous continuerez à les récolter. Je suis l'Éternel, votre Dieu.

26. Vous ne mangerez rien avec du sang. Vous n'observerez ni les serpents ni les nuages pour en tirer des pronostics.

27. Vous ne couperez point en rond les coins de votre chevelure, et tu ne raseras point les coins de ta barbe.

28. Vous ne ferez point d'incisions dans votre chair pour un mort, et vous n'imprimerez point de figures sur vous. Je suis l'Éternel.

29. Tu ne profaneras point ta fille en la livrant à la prostitution, de peur que le pays ne se prostitue et ne se remplisse de crimes.

30. Vous observerez mes sabbats, et vous révérerez mon sanctuaire. Je suis l'Éternel.

31. Ne vous tournez point vers ceux qui évoquent les esprits, ni vers les devins ; ne les recherchez point, de peur de vous souiller avec eux. Je suis l'Éternel, votre Dieu.

32. Tu te lèveras devant les cheveux blancs, et tu honoreras la personne du vieillard. Tu craindras ton Dieu. Je suis l'Éternel.

33. Si un étranger vient séjourner avec vous dans votre pays, vous ne l'opprimerez point.

34. Vous traiterez l'étranger en séjour parmi vous comme un indigène du milieu de vous ; vous l'aimerez comme vous-mêmes, car vous avez été étrangers dans le pays d'Égypte. Je suis l'Éternel, votre Dieu.

35. Vous ne commettrez point d'iniquité ni dans les jugements, ni dans les mesures de dimension, ni dans les poids, ni dans les mesures de capacité.

36. Vous aurez des balances justes, des poids justes, des épha justes et des hin justes. Je suis l'Éternel, votre Dieu, qui vous ai fait sortir du pays d'Égypte.

37. Vous observerez toutes mes lois et toutes mes ordonnances, et vous les mettrez en pratique. Je suis l'Éternel.

Lévitique 20

1. L'Éternel parla à Moïse, et dit :
2. Tu diras aux enfants d'Israël : Si un homme des enfants d'Israël ou des étrangers qui séjournent en Israël livre à Moloc l'un de ses enfants, il sera puni de mort : le peuple du pays le lapidera.
3. Et moi, je tournerai ma face contre cet homme, et je le retrancherai du milieu de son peuple, parce qu'il a livré de ses enfants à Moloc, souillé mon sanctuaire et profané mon saint nom.
4. Si le peuple du pays détourne ses regards de cet homme, qui livre de ses enfants à Moloc, et s'il ne le fait pas mourir,
5. je tournerai, moi, ma face contre cet homme et contre sa famille, et je le retrancherai du milieu de son peuple, avec tous ceux qui se prostituent comme lui en se prostituant à Moloc.
6. Si quelqu'un s'adresse aux morts et aux esprits, pour se prostituer après eux, je tournerai ma face contre cet homme, je le retrancherai du milieu de son peuple.
7. Vous vous sanctifierez et vous serez saints, car je suis l'Éternel, votre Dieu.
8. Vous observerez mes lois, et vous les mettrez en pratique. Je suis l'Éternel, qui vous sanctifie.
9. Si un homme quelconque maudit son père ou sa mère, il sera puni de mort ; il a maudit son père ou sa mère : son sang retombera sur lui.
10. Si un homme commet un adultère avec une femme mariée, s'il commet un adultère avec la femme de son prochain, l'homme et la femme adultères seront punis de mort.

11. Si un homme couche avec la femme de son père, et découvre ainsi la nudité de son père, cet homme et cette femme seront punis de mort : leur sang retombera sur eux.

12. Si un homme couche avec sa belle-fille, ils seront tous deux punis de mort ; ils ont fait une confusion : leur sang retombera sur eux.

13. Si un homme couche avec un homme comme on couche avec une femme, ils ont fait tous deux une chose abominable ; ils seront punis de mort : leur sang retombera sur eux.

14. Si un homme prend pour femmes la fille et la mère, c'est un crime : on les brûlera au feu, lui et elles, afin que ce crime n'existe pas au milieu de vous.

15. Si un homme couche avec une bête, il sera puni de mort ; et vous tuerez la bête.

16. Si une femme s'approche d'une bête, pour se prostituer à elle, tu tueras la femme et la bête ; elles seront mises à mort : leur sang retombera sur elles.

17. Si un homme prend sa soeur, fille de son père ou fille de sa mère, s'il voit sa nudité et qu'elle voie la sienne, c'est une infamie ; ils seront retranchés sous les yeux des enfants de leur peuple : il a découvert la nudité de sa soeur, il portera la peine de son péché.

18. Si un homme couche avec une femme qui a son indisposition, et découvre sa nudité, s'il découvre son flux, et qu'elle découvre le flux de son sang, ils seront tous deux retranchés du milieu de leur peuple.

19. Tu ne découvriras point la nudité de la soeur de ta mère, ni de la soeur de ton père, car c'est découvrir sa proche parente : ils porteront la peine de leur péché.

20. Si un homme couche avec sa tante, il a découvert la nudité de son oncle ; ils porteront la peine de leur péché, ils mourront sans enfant.

21. Si un homme prend la femme de son frère, c'est une impureté ; il a découvert la nudité de son frère : ils seront sans enfant.

22. Vous observerez toutes mes lois et toutes mes ordonnances, et vous les mettrez en pratique, afin que le pays où je vous mène pour vous y établir ne vous vomisse point.

23. Vous ne suivrez point les usages des nations que je vais chasser

devant vous ; car elles ont fait toutes ces choses, et je les ai en abomination.

24. Je vous ai dit : C'est vous qui posséderez leur pays ; je vous en donnerai la possession : c'est un pays où coulent le lait et le miel. Je suis l'Éternel, votre Dieu, qui vous ai séparés des peuples.

25. Vous observerez la distinction entre les animaux purs et impurs, entre les oiseaux purs et impurs, afin de ne pas rendre vos personnes abominables par des animaux, par des oiseaux, par tous les reptiles de la terre, que je vous ai appris à distinguer comme impurs.

26. Vous serez saints pour moi, car je suis saint, moi, l'Éternel ; je vous ai séparés des peuples, afin que vous soyez à moi.

27. Si un homme ou une femme ont en eux l'esprit d'un mort ou un esprit de divination, ils seront punis de mort ; on les lapidera : leur sang retombera sur eux.

Lévitique 21

1. L'Éternel dit à Moïse : Parle aux sacrificateurs, fils d'Aaron, et tu leur diras : Un sacrificateur ne se rendra point impur parmi son peuple pour un mort,

2. excepté pour ses plus proches parents, pour sa mère, pour son père, pour son fils, pour son frère,

3. et aussi pour sa soeur encore vierge, qui le touche de près lorsqu'elle n'est pas mariée.

4. Chef parmi son peuple, il ne se rendra point impur en se profanant.

5. Les sacrificateurs ne se feront point de place chauve sur la tête, ils ne raseront point les coins de leur barbe, et ils ne feront point d'incisions dans leur chair.

6. Ils seront saints pour leur Dieu, et ils ne profaneront pas le nom de leur Dieu ; car ils offrent à l'Éternel les sacrifices consumés par le feu, l'aliment de leur Dieu : ils seront saints.

7. Ils ne prendront point une femme prostituée ou déshonorée, ils ne prendront point une femme répudiée par son mari, car ils sont saints pour leur Dieu.

8. Tu regarderas un sacrificateur comme saint, car il offre l'aliment de ton Dieu ; il sera saint pour toi, car je suis saint, moi, l'Éternel, qui vous sanctifie.

9. Si la fille d'un sacrificateur se déshonore en se prostituant, elle déshonore son père : elle sera brûlée au feu.

10. Le sacrificateur qui a la supériorité sur ses frères, sur la tête duquel a été répandue l'huile d'onction, et qui a été consacré et revêtu des vêtements sacrés, ne découvriras point sa tête et ne déchirera point ses vêtements.

11. Il n'ira vers aucun mort, il ne se rendra point impur, ni pour son père, ni pour sa mère.

12. Il ne sortira point du sanctuaire, et ne profanera point le sanctuaire de son Dieu ; car l'huile d'onction de son Dieu est une couronne sur lui. Je suis l'Éternel.
13. Il prendra pour femme une vierge.
14. Il ne prendra ni une veuve, ni une femme répudiée, ni une femme déshonorée ou prostituée ; mais il prendra pour femme une vierge parmi son peuple.
15. Il ne déshonorera point sa postérité parmi son peuple ; car je suis l'Éternel, qui le sanctifie.
16. L'Éternel parla à Moïse, et dit :
17. Parle à Aaron, et dis : Tout homme de ta race et parmi tes descendants, qui aura un défaut corporel, ne s'approchera point pour offrir l'aliment de son Dieu.
18. Tout homme qui aura un défaut corporel ne pourra s'approcher : un homme aveugle, boiteux, ayant le nez camus ou un membre allongé ;
19. un homme ayant une fracture au pied ou à la main ;
20. un homme bossu ou grêle, ayant une tache à l'oeil, la gale, une dartre, ou les testicules écrasés.
21. Tout homme de la race du sacrificateur Aaron, qui aura un défaut corporel, ne s'approchera point pour offrir à l'Éternel les sacrifices consumés par le feu ; il a un défaut corporel : il ne s'approchera point pour offrir l'aliment de son Dieu.
22. Il pourra manger l'aliment de son Dieu, des choses très saintes et des choses saintes.
23. Mais il n'ira point vers le voile, et il ne s'approchera point de l'autel, car il a un défaut corporel ; il ne profanera point mes sanctuaires, car je suis l'Éternel, qui les sanctifie.
24. C'est ainsi que parla Moïse à Aaron et à ses fils, et à tous les enfants d'Israël.

Lévitique 22

1. L'Éternel parla à Moïse, et dit :
2. Parle à Aaron et à ses fils, afin qu'ils s'abstiennent des choses saintes qui me sont consacrées par les enfants d'Israël, et qu'ils ne profanent point mon saint nom. Je suis l'Éternel.
3. Dis-leur : Tout homme parmi vos descendants et de votre race, qui s'approchera des choses saintes que consacrent à l'Éternel les enfants d'Israël, et qui aura sur lui quelque impureté, cet homme-là sera retranché de devant moi. Je suis l'Éternel.
4. Tout homme de la race d'Aaron, qui aura la lèpre ou une gonorrhée, ne mangera point des choses saintes jusqu'à ce qu'il soit pur. Il en sera de même pour celui qui touchera une personne souillée par le contact d'un cadavre, pour celui qui aura une pollution,
5. pour celui qui touchera un reptile et en aura été souillé, ou un homme atteint d'une impureté quelconque et en aura été souillé.
6. Celui qui touchera ces choses sera impur jusqu'au soir ; il ne mangera pas des choses saintes, mais il lavera son corps dans l'eau ;
7. après le coucher du soleil, il sera pur, et il mangera ensuite des choses saintes, car c'est sa nourriture.
8. Il ne mangera point d'une bête morte ou déchirée, afin de ne pas se souiller par elle. Je suis l'Éternel.
9. Ils observeront mes commandements, de peur qu'ils ne portent la peine de leur péché et qu'ils ne meurent, pour avoir profané les choses saintes. Je suis l'Éternel, qui les sanctifie.

10. Aucun étranger ne mangera des choses saintes ; celui qui demeure chez un sacrificateur et le mercenaire ne mangeront point

des choses saintes.

11. Mais un esclave acheté par le sacrificateur à prix d'argent pourra en manger, de même que celui qui est né dans sa maison ; ils mangeront de sa nourriture.

12. La fille d'un sacrificateur, mariée à un étranger, ne mangera point des choses saintes offertes par élévation.

13. Mais la fille d'un sacrificateur qui sera veuve ou répudiée, sans avoir d'enfants, et qui retournera dans la maison de son père comme dans sa jeunesse, pourra manger de la nourriture de son père. Aucun étranger n'en mangera.

14. Si un homme mange involontairement d'une chose sainte, il donnera au sacrificateur la valeur de la chose sainte, en y ajoutant un cinquième.

15. Les sacrificateurs ne profaneront point les choses saintes qui sont présentées par les enfants d'Israël, et qu'ils ont offertes par élévation à l'Éternel ;

16. ils les chargeraient ainsi du péché dont ils se rendraient coupables en mangeant les choses saintes : car je suis l'Éternel, qui les sanctifie.

17. L'Éternel parla à Moïse, et dit :

18. Parle à Aaron et à ses fils, et à tous les enfants d'Israël, et tu leur diras : Tout homme de la maison d'Israël ou des étrangers en Israël, qui offrira un holocauste à l'Éternel, soit pour l'accomplissement d'un voeu, soit comme offrande volontaire,

19. prendra un mâle sans défaut parmi les boeufs, les agneaux ou les chèvres, afin que sa victime soit agréée.

20. Vous n'en offrirez aucune qui ait un défaut, car elle ne serait pas agréée.

21. Si un homme offre à l'Éternel du gros ou du menu bétail en sacrifice d'actions de grâces, soit pour l'accomplissement d'un voeu, soit comme offrande volontaire, la victime sera sans défaut, afin qu'elle soit agréée ; il n'y aura en elle aucun défaut.

22. Vous n'en offrirez point qui soit aveugle, estropiée, ou mutilée, qui ait des ulcères, la gale ou une dartre ; vous n'en ferez point sur l'autel un sacrifice consumé par le feu devant l'Éternel.

23. Tu pourras sacrifier comme offrande volontaire un boeuf ou un

agneau ayant un membre trop long ou trop court, mais il ne sera point agréé pour l'accomplissement d'un voeu.

24. Vous n'offrirez point à l'Éternel un animal dont les testicules ont été froissés, écrasés, arrachés ou coupés ; vous ne l'offrirez point en sacrifice dans votre pays.

25. Vous n'accepterez de l'étranger aucune de ces victimes, pour l'offrir comme aliment de votre Dieu ; car elles sont mutilées, elles ont des défauts : elles ne seraient point agréées.

26. L'Éternel dit à Moïse :

27. Un boeuf, un agneau ou une chèvre, quand il naîtra, restera sept jours avec sa mère ; dès le huitième jour et les suivants, il sera agréé pour être offert à l'Éternel en sacrifice consumé par le feu.

28. Boeuf ou agneau, vous n'égorgerez pas un animal et son petit le même jour.

29. Quand vous offrirez à l'Éternel un sacrifice d'actions de grâces, vous ferez en sorte qu'il soit agréé.

30. La victime sera mangée le jour même ; vous n'en laisserez rien jusqu'au matin. Je suis l'Éternel.

31. Vous observerez mes commandements, et vous les mettrez en pratique. Je suis l'Éternel.

32. Vous ne profanerez point mon saint nom, afin que je sois sanctifié au milieu des enfants d'Israël. Je suis l'Éternel, qui vous sanctifie,

33. et qui vous ai fait sortir du pays d'Égypte pour être votre Dieu. Je suis l'Éternel.

Lévitique 23

1. L'Éternel parla à Moïse, et dit :
2. Parle aux enfants d'Israël, et tu leur diras : Les fêtes de l'Éternel, que vous publierez, seront de saintes convocations. Voici quelles sont mes fêtes.
3. On travaillera six jours ; mais le septième jour est le sabbat, le jour du repos : il y aura une sainte convocation. Vous ne ferez aucun ouvrage : c'est le sabbat de l'Éternel, dans toutes vos demeures.
4. Voici les fêtes de l'Éternel, les saintes convocations, que vous publierez à leurs temps fixés.
5. Le premier mois, le quatorzième jour du mois, entre les deux soirs, ce sera la Pâque de l'Éternel.
6. Et le quinzième jour de ce mois, ce sera la fête des pains sans levain en l'honneur de l'Éternel ; vous mangerez pendant sept jours des pains sans levain.
7. Le premier jour, vous aurez une sainte convocation : vous ne ferez aucune oeuvre servile.
8. Vous offrirez à l'Éternel, pendant sept jours, des sacrifices consumés par le feu. Le septième jour, il y aura une sainte convocation : vous ne ferez aucune oeuvre servile.
9. L'Éternel parla à Moïse, et dit :
10. Parle aux enfants d'Israël et tu leur diras : Quand vous serez entrés dans le pays que je vous donne, et que vous y ferez la moisson, vous apporterez au sacrificateur une gerbe, prémices de votre moisson.
11. Il agitera de côté et d'autre la gerbe devant l'Éternel, afin qu'elle soit agréée : le sacrificateur l'agitera de côté et d'autre, le lendemain

du sabbat.

12. Le jour où vous agiterez la gerbe, vous offrirez en holocauste à l'Éternel un agneau d'un an sans défaut ;
13. vous y joindrez une offrande de deux dixièmes de fleur de farine pétrie à l'huile, comme offrande consumée par le feu, d'une agréable odeur à l'Éternel ; et vous ferez une libation d'un quart de hin de vin.
14. Vous ne mangerez ni pain, ni épis rôtis ou broyés, jusqu'au jour même où vous apporterez l'offrande à votre Dieu. C'est une loi perpétuelle pour vos descendants, dans tous les lieux où vous habiterez.
15. Depuis le lendemain du sabbat, du jour où vous apporterez la gerbe pour être agitée de côté et d'autre, vous compterez sept semaines entières.
16. Vous compterez cinquante jours jusqu'au lendemain du septième sabbat ; et vous ferez à l'Éternel une offrande nouvelle.
17. Vous apporterez de vos demeures deux pains, pour qu'ils soient agités de côté et d'autre ; ils seront faits avec deux dixièmes de fleur de farine, et cuits avec du levain : ce sont les prémices à l'Éternel.
18. Outre ces pains, vous offrirez en holocauste à l'Éternel sept agneaux d'un an sans défaut, un jeune taureau et deux béliers ; vous y joindrez l'offrande et la libation ordinaires, comme offrande consumée par le feu, d'une agréable odeur à l'Éternel.
19. Vous offrirez un bouc en sacrifice d'expiation, et deux agneaux d'un an en sacrifice d'actions de grâces.
20. Le sacrificateur agitera ces victimes de côté et d'autre devant l'Éternel, avec le pain des prémices et avec les deux agneaux : elles seront consacrées à l'Éternel, et appartiendront au sacrificateur.

21. Ce jour même, vous publierez la fête, et vous aurez une sainte convocation : vous ne ferez aucune oeuvre servile. C'est une loi perpétuelle pour vos descendants, dans tous les lieux où vous habiterez.
22. Quand vous ferez la moisson dans votre pays, tu laisseras un coin de ton champ sans le moissonner, et tu ne ramasseras pas ce qui reste à glaner. Tu abandonneras cela au pauvre et à l'étranger. Je suis

l'Éternel, votre Dieu.

23. L'Éternel parla à Moïse, et dit :

24. Parle aux enfants d'Israël, et dis : Le septième mois, le premier jour du mois, vous aurez un jour de repos, publié au son des trompettes, et une sainte convocation.

25. Vous ne ferez aucune oeuvre servile, et vous offrirez à l'Éternel des sacrifices consumés par le feu.

26. L'Éternel parla à Moïse, et dit :

27. Le dixième jour de ce septième mois, ce sera le jour des expiations : vous aurez une sainte convocation, vous humilierez vos âmes, et vous offrirez à l'Éternel des sacrifices consumés par le feu.

28. Vous ne ferez aucun ouvrage ce jour-là, car c'est le jour des expiations, où doit être faite pour vous l'expiation devant l'Éternel, votre Dieu.

29. Toute personne qui ne s'humiliera pas ce jour-là sera retranchée de son peuple.

30. Toute personne qui fera ce jour-là un ouvrage quelconque, je la détruirai du milieu de son peuple.

31. Vous ne ferez aucun ouvrage. C'est une loi perpétuelle pour vos descendants dans tous les lieux où vous habiterez.

32. Ce sera pour vous un sabbat, un jour de repos, et vous humilierez vos âmes ; dès le soir du neuvième jour jusqu'au soir suivant, vous célébrerez votre sabbat.

33. L'Éternel parla à Moïse, et dit :

34. Parle aux enfants d'Israël, et dis : Le quinzième jour de ce septième mois, ce sera la fête des tabernacles en l'honneur de l'Éternel, pendant sept jours.

35. Le premier jour, il y aura une sainte convocation : vous ne ferez aucune oeuvre servile.

36. Pendant sept jours, vous offrirez à l'Éternel des sacrifices consumés par le feu. Le huitième jour, vous aurez une sainte convocation, et vous offrirez à l'Éternel des sacrifices consumés par le feu ; ce sera une assemblée solennelle : vous ne ferez aucune oeuvre servile.

37. Telles sont les fêtes de l'Éternel, les saintes convocations, que

vous publierez, afin que l'on offre à l'Éternel des sacrifices consumés par le feu, des holocaustes, des offrandes, des victimes et des libations, chaque chose au jour fixé.

38. Vous observerez en outre les sabbats de l'Éternel, et vous continuerez à faire vos dons à l'Éternel, tous vos sacrifices pour l'accomplissement d'un voeu et toutes vos offrandes volontaires.

39. Le quinzième jour du septième mois, quand vous récolterez les produits du pays, vous célébrerez donc une fête à l'Éternel, pendant sept jours : le premier jour sera un jour de repos, et le huitième sera un jour de repos.

40. Vous prendrez, le premier jour, du fruit des beaux arbres, des branches de palmiers, des rameaux d'arbres touffus et des saules de rivière ; et vous vous réjouirez devant l'Éternel, votre Dieu, pendant sept jours.

41. Vous célébrerez chaque année cette fête à l'Éternel, pendant sept jours. C'est une loi perpétuelle pour vos descendants. Vous la célébrerez le septième mois.

42. Vous demeurerez pendant sept jours sous des tentes ; tous les indigènes en Israël demeureront sous des tentes,

43. afin que vos descendants sachent que j'ai fait habiter sous des tentes les enfants d'Israël, après les avoir fait sortir du pays d'Égypte. Je suis l'Éternel, votre Dieu.

44. C'est ainsi que Moïse dit aux enfants d'Israël quelles sont les fêtes de l'Éternel.

Lévitique 24

1. L'Éternel parla à Moïse, et dit :
2. Ordonne aux enfants d'Israël de t'apporter pour le chandelier de l'huile pure d'olives concassées, afin d'entretenir les lampes continuellement.
3. C'est en dehors du voile qui est devant le témoignage, dans la tente d'assignation, qu'Aaron la préparera, pour que les lampes brûlent continuellement du soir au matin en présence de l'Éternel. C'est une loi perpétuelle pour vos descendants.
4. Il arrangera les lampes sur le chandelier d'or pur, pour qu'elles brûlent continuellement devant l'Éternel.
5. Tu prendras de la fleur de farine, et tu en feras douze gâteaux ; chaque gâteau sera de deux dixièmes.
6. Tu les placeras en deux piles, six par pile, sur la table d'or pur devant l'Éternel.
7. Tu mettras de l'encens pur sur chaque pile, et il sera sur le pain comme souvenir, comme une offrande consumée par le feu devant l'Éternel.
8. Chaque jour de sabbat, on rangera ces pains devant l'Éternel, continuellement : c'est une alliance perpétuelle qu'observeront les enfants d'Israël.
9. Ils appartiendront à Aaron et à ses fils, et ils les mangeront dans un lieu saint ; car ce sera pour eux une chose très sainte, une part des offrandes consumées par le feu devant l'Éternel. C'est une loi perpétuelle.
10. Le fils d'une femme israélite et d'un homme égyptien, étant venu au milieu des enfants d'Israël, se querella dans le camp avec un

homme israélite.

11. Le fils de la femme israélite blasphéma et maudit le nom de Dieu. On l'amena à Moïse. Sa mère s'appelait Schelomith, fille de Dibri, de la tribu de Dan.

12. On le mit en prison, jusqu'à ce que Moïse eût déclaré ce que l'Éternel ordonnerait.

13. L'Éternel parla à Moïse, et dit :

14. Fais sortir du camp le blasphémateur ; tous ceux qui l'ont entendu poseront leurs mains sur sa tête, et toute l'assemblée le lapidera.

15. Tu parleras aux enfants d'Israël, et tu diras : Quiconque maudira son Dieu portera la peine de son péché.

16. Celui qui blasphémera le nom de l'Éternel sera puni de mort : toute l'assemblée le lapidera. Qu'il soit étranger ou indigène, il mourra, pour avoir blasphémé le nom de Dieu.

17. Celui qui frappera un homme mortellement sera puni de mort.

18. Celui qui frappera un animal mortellement le remplacera : vie pour vie.

19. Si quelqu'un blesse son prochain, il lui sera fait comme il a fait :

20. fracture pour fracture, oeil pour oeil, dent pour dent ; il lui sera fait la même blessure qu'il a faite à son prochain.

21. Celui qui tuera un animal le remplacera, mais celui qui tuera un homme sera puni de mort.

22. Vous aurez la même loi, l'étranger comme l'indigène ; car je suis l'Éternel, votre Dieu.

23. Moïse parla aux enfants d'Israël ; ils firent sortir du camp le blasphémateur, et ils le lapidèrent. Les enfants d'Israël se conformèrent à l'ordre que l'Éternel avait donné à Moïse.

Lévitique 25

1. L'Éternel parla à Moïse sur la montagne de Sinaï, et dit :
2. Parle aux enfants d'Israël, et tu leur diras : Quand vous serez entrés dans le pays que je vous donne, la terre se reposera : ce sera un sabbat en l'honneur de l'Éternel.
3. Pendant six années tu ensemenceras ton champ, pendant six années tu tailleras ta vigne ; et tu en recueilleras le produit.
4. Mais la septième année sera un sabbat, un temps de repos pour la terre, un sabbat en l'honneur de l'Éternel : tu n'ensemenceras point ton champ, et tu ne tailleras point ta vigne.
5. Tu ne moissonneras point ce qui proviendra des grains tombés de ta moisson, et tu ne vendangeras point les raisins de ta vigne non taillée : ce sera une année de repos pour la terre.
6. Ce que produira la terre pendant son sabbat vous servira de nourriture, à toi, à ton serviteur et à ta servante, à ton mercenaire et à l'étranger qui demeurent avec toi,
7. à ton bétail et aux animaux qui sont dans ton pays ; tout son produit servira de nourriture.
8. Tu compteras sept sabbats d'années, sept fois sept années, et les jours de ces sept sabbats d'années feront quarante-neuf ans.
9. Le dixième jour du septième mois, tu feras retentir les sons éclatants de la trompette ; le jour des expiations, vous sonnerez de la trompette dans tout votre pays.
10. Et vous sanctifierez la cinquantième année, vous publierez la liberté dans le pays pour tous ses habitants : ce sera pour vous le jubilé ; chacun de vous retournera dans sa propriété, et chacun de vous retournera dans sa famille.

11. La cinquantième année sera pour vous le jubilé : vous ne sèmerez point, vous ne moissonnerez point ce que les champs produiront d'eux-mêmes, et vous ne vendangerez point la vigne non taillée.

12. Car c'est le jubilé : vous le regarderez comme une chose sainte. Vous mangerez le produit de vos champs.

13. Dans cette année de jubilé, chacun de vous retournera dans sa propriété.

14. Si vous vendez à votre prochain, ou si vous achetez de votre prochain, qu'aucun de vous ne trompe son frère.

15. Tu achèteras de ton prochain, en comptant les années depuis le jubilé ; et il te vendra, en comptant les années de rapport.

16. Plus il y aura d'années, plus tu élèveras le prix ; et moins il y aura d'années, plus tu le réduiras ; car c'est le nombre des récoltes qu'il te vend.

17. Aucun de vous ne trompera son prochain, et tu craindras ton Dieu ; car je suis l'Éternel, votre Dieu.

18. Mettez mes lois en pratique, observez mes ordonnances et mettez-les en pratique ; et vous habiterez en sécurité dans le pays.

19. Le pays donnera ses fruits, vous mangerez à satiété, et vous y habiterez en sécurité.

20. Si vous dites : Que mangerons-nous la septième année, puisque nous ne sèmerons point et ne ferons point nos récoltes ?

21. je vous accorderai ma bénédiction la sixième année, et elle donnera des produits pour trois ans.

22. Vous sèmerez la huitième année, et vous mangerez de l'ancienne récolte ; jusqu'à la neuvième année, jusqu'à la nouvelle récolte, vous mangerez de l'ancienne.

23. Les terres ne se vendront point à perpétuité ; car le pays est à moi, car vous êtes chez moi comme étrangers et comme habitants.

24. Dans tout le pays dont vous aurez la possession, vous établirez le droit de rachat pour les terres.

25. Si ton frère devient pauvre et vend une portion de sa propriété, celui qui a le droit de rachat, son plus proche parent, viendra et rachètera ce qu'a vendu son frère.

26. Si un homme n'a personne qui ait le droit de rachat, et qu'il se procure lui-même de quoi faire son rachat,

27. il comptera les années depuis la vente, restituera le surplus à l'acquéreur, et retournera dans sa propriété.

28. S'il ne trouve pas de quoi lui faire cette restitution, ce qu'il a vendu restera entre les mains de l'acquéreur jusqu'à l'année du jubilé ; au jubilé, il retournera dans sa propriété, et l'acquéreur en sortira.

29. Si un homme vend une maison d'habitation dans une ville entourée de murs, il aura le droit de rachat jusqu'à l'accomplissement d'une année depuis la vente ; son droit de rachat durera un an.

30. Mais si cette maison située dans une ville entourée de murs n'est pas rachetée avant l'accomplissement d'une année entière, elle restera à perpétuité à l'acquéreur et à ses descendants ; il n'en sortira point au jubilé.

31. Les maisons des villages non entourés de murs seront considérées comme des fonds de terre ; elles pourront être rachetées, et l'acquéreur en sortira au jubilé.

32. Quant aux villes des Lévites et aux maisons qu'ils y posséderont, les Lévites auront droit perpétuel de rachat.

33. Celui qui achètera des Lévites une maison, sortira au jubilé de la maison vendue et de la ville où il la possédait ; car les maisons des villes des Lévites sont leur propriété au milieu des enfants d'Israël.

34. Les champs situés autour des villes des Lévites ne pourront point se vendre ; car ils en ont à perpétuité la possession.

35. Si ton frère devient pauvre, et que sa main fléchisse près de toi, tu le soutiendras ; tu feras de même pour celui qui est étranger et qui demeure dans le pays, afin qu'il vive avec toi.

36. Tu ne tireras de lui ni intérêt ni usure, tu craindras ton Dieu, et ton frère vivra avec toi.

37. Tu ne lui prêteras point ton argent à intérêt, et tu ne lui prêteras point tes vivres à usure.

38. Je suis l'Éternel, ton Dieu, qui vous ai fait sortir du pays d'Égypte, pour vous donner le pays de Canaan, pour être votre Dieu.

39. Si ton frère devient pauvre près de toi, et qu'il se vende à toi, tu ne lui imposeras point le travail d'un esclave.

40. Il sera chez toi comme un mercenaire, comme celui qui y demeure ; il sera à ton service jusqu'à l'année du jubilé.

41. Il sortira alors de chez toi, lui et ses enfants avec lui, et il retournera dans sa famille, dans la propriété de ses pères.

42. Car ce sont mes serviteurs, que j'ai fait sortir du pays d'Égypte ; ils ne seront point vendus comme on vend des esclaves.

43. Tu ne domineras point sur lui avec dureté, et tu craindras ton Dieu.

44. C'est des nations qui vous entourent que tu prendras ton esclave et ta servante qui t'appartiendront, c'est d'elles que vous achèterez l'esclave et la servante.

45. Vous pourrez aussi en acheter des enfants des étrangers qui demeureront chez toi, et de leurs familles qu'ils engendreront dans votre pays ; et ils seront votre propriété.

46. Vous les laisserez en héritage à vos enfants après vous, comme une propriété ; vous les garderez comme esclaves à perpétuité. Mais à l'égard de vos frères, les enfants d'Israël, aucun de vous ne dominera avec dureté sur son frère.

47. Si un étranger, si celui qui demeure chez toi devient riche, et que ton frère devienne pauvre près de lui et se vende à l'étranger qui demeure chez toi ou à quelqu'un de la famille de l'étranger,

48. il y aura pour lui le droit de rachat, après qu'il se sera vendu : un de ses frères pourra le racheter.

49. Son oncle, ou le fils de son oncle, ou l'un de ses proches parents, pourra le racheter ; ou bien, s'il en a les ressources, il se rachètera lui-même.

50. Il comptera avec celui qui l'a acheté depuis l'année où il s'est vendu jusqu'à l'année du jubilé ; et le prix à payer dépendra du nombre d'années, lesquelles seront évaluées comme celles d'un mercenaire.

51. S'il y a encore beaucoup d'années, il paiera son rachat à raison du prix de ces années et pour lequel il a été acheté ;

52. s'il reste peu d'années jusqu'à celle du jubilé, il en fera le compte, et il paiera son rachat à raison de ces années.

53. Il sera comme un mercenaire à l'année, et celui chez qui il sera ne le traitera point avec dureté sous tes yeux.

54. S'il n'est racheté d'aucune de ces manières, il sortira l'année du jubilé, lui et ses enfants avec lui.

55. Car c'est de moi que les enfants d'Israël sont esclaves ; ce sont mes esclaves, que j'ai fait sortir du pays d'Égypte. Je suis l'Éternel, votre Dieu.

Lévitique 26

1. Vous ne vous ferez point d'idoles, vous ne vous élèverez ni image taillée ni statue, et vous ne placerez dans votre pays aucune pierre ornée de figures, pour vous prosterner devant elle ; car je suis l'Éternel, votre Dieu.

2. Vous observerez mes sabbats, et vous révérerez mon sanctuaire. Je suis l'Éternel.

3. Si vous suivez mes lois, si vous gardez mes commandements et les mettez en pratique,

4. je vous enverrai des pluies en leur saison, la terre donnera ses produits, et les arbres des champs donneront leurs fruits.

5. A peine aurez-vous battu le blé que vous toucherez à la vendange, et la vendange atteindra les semailles ; vous mangerez votre pain à satiété, et vous habiterez en sécurité dans votre pays.

6. Je mettrai la paix dans le pays, et personne ne troublera votre sommeil ; je ferai disparaître du pays les bêtes féroces, et l'épée ne passera point par votre pays.

7. Vous poursuivrez vos ennemis, et ils tomberont devant vous par l'épée.

8. Cinq d'entre vous en poursuivront cent, et cent d'entre vous en poursuivront dix mille, et vos ennemis tomberont devant vous par l'épée.

9. Je me tournerai vers vous, je vous rendrai féconds et je vous multiplierai, et je maintiendrai mon alliance avec vous.

10. Vous mangerez des anciennes récoltes, et vous sortirez les vieilles pour faire place aux nouvelles.

11. J'établirai ma demeure au milieu de vous, et mon âme ne vous

aura point en horreur.

12. Je marcherai au milieu de vous, je serai votre Dieu, et vous serez mon peuple.
13. Je suis l'Éternel, votre Dieu, qui vous ai fait sortir du pays d'Égypte, qui vous ai tirés de la servitude ; j'ai brisé les liens de votre joug, et je vous ai fait marcher la tête levée.
14. Mais si vous ne m'écoutez point et ne mettez point en pratique tous ces commandements,
15. si vous méprisez mes lois, et si votre âme a en horreur mes ordonnances, en sorte que vous ne pratiquiez point tous mes commandements et que vous rompiez mon alliance,
16. voici alors ce que je vous ferai. J'enverrai sur vous la terreur, la consomption et la fièvre, qui rendront vos yeux languissants et votre âme souffrante ; et vous sèmerez en vain vos semences : vos ennemis les dévoreront.
17. Je tournerai ma face contre vous, et vous serez battus devant vos ennemis ; ceux qui vous haïssent domineront sur vous, et vous fuirez sans que l'on vous poursuive.
18. Si, malgré cela, vous ne m'écoutez point, je vous châtierai sept fois plus pour vos péchés.
19. Je briserai l'orgueil de votre force, je rendrai votre ciel comme du fer, et votre terre comme de l'airain.
20. Votre force s'épuisera inutilement, votre terre ne donnera pas ses produits, et les arbres de la terre ne donneront pas leurs fruits.
21. Si vous me résistez et ne voulez point m'écouter, je vous frapperai sept fois plus selon vos péchés.
22. J'enverrai contre vous les animaux des champs, qui vous priveront de vos enfants, qui détruiront votre bétail, et qui vous réduiront à un petit nombre ; et vos chemins seront déserts.

23. Si ces châtiments ne vous corrigent point et si vous me résistez,
24. je vous résisterai aussi et je vous frapperai sept fois plus pour vos péchés.
25. Je ferai venir contre vous l'épée, qui vengera mon alliance ; quand vous vous rassemblerez dans vos villes, j'enverrai la peste au

milieu de vous, et vous serez livrés aux mains de l'ennemi.

26. Lorsque je vous briserai le bâton du pain, dix femmes cuiront votre pain dans un seul four et rapporteront votre pain au poids ; vous mangerez, et vous ne serez point rassasiés.

27. Si, malgré cela, vous ne m'écoutez point et si vous me résistez,

28. je vous résisterai aussi avec fureur et je vous châtierai sept fois plus pour vos péchés.

29. Vous mangerez la chair de vos fils, et vous mangerez la chair de vos filles.

30. Je détruirai vos hauts lieux, j'abattrai vos statues consacrées au soleil, je mettrai vos cadavres sur les cadavres de vos idoles, et mon âme vous aura en horreur.

31. Je réduirai vos villes en déserts, je ravagerai vos sanctuaires, et je ne respirerai plus l'odeur agréable de vos parfums.

32. Je dévasterai le pays, et vos ennemis qui l'habiteront en seront stupéfaits.

33. Je vous disperserai parmi les nations et je tirerai l'épée après vous. Votre pays sera dévasté, et vos villes seront désertes.

34. Alors le pays jouira de ses sabbats, tout le temps qu'il sera dévasté et que vous serez dans le pays de vos ennemis ; alors le pays se reposera, et jouira de ses sabbats.

35. Tout le temps qu'il sera dévasté, il aura le repos qu'il n'avait pas eu dans vos sabbats, tandis que vous l'habitiez.

36. Je rendrai pusillanime le coeur de ceux d'entre vous qui survivront, dans les pays de leurs ennemis ; le bruit d'une feuille agitée les poursuivra ; ils fuiront comme on fuit devant l'épée, et ils tomberont sans qu'on les poursuive.

37. Ils se renverseront les uns sur les autres comme devant l'épée, sans qu'on les poursuive. Vous ne subsisterez point en présence de vos ennemis ;

38. vous périrez parmi les nations, et le pays de vos ennemis vous dévorera.

39. Ceux d'entre vous qui survivront seront frappés de langueur pour leurs iniquités, dans les pays de leurs ennemis ; ils seront aussi frappés de langueur pour les iniquités de leurs pères.

40. Ils confesseront leurs iniquités et les iniquités de leurs pères, les transgressions qu'ils ont commises envers moi, et la résistance qu'ils m'ont opposée,

41. péchés à cause desquels moi aussi je leur résisterai et les mènerai dans le pays de leurs ennemis. Et alors leur coeur incirconcis s'humiliera, et ils paieront la dette de leurs iniquités.

42. Je me souviendrai de mon alliance avec Jacob, je me souviendrai de mon alliance avec Isaac et de mon alliance avec Abraham, et je me souviendrai du pays.

43. Le pays sera abandonné par eux, et il jouira de ses sabbats pendant qu'il restera dévasté loin d'eux ; et ils paieront la dette de leurs iniquités, parce qu'ils ont méprisé mes ordonnances et que leur âme a eu mes lois en horreur.

44. Mais, lorsqu'ils seront dans le pays de leurs ennemis, je ne les rejetterai pourtant point, et je ne les aurai point en horreur jusqu'à les exterminer, jusqu'à rompre mon alliance avec eux ; car je suis l'Éternel, leur Dieu.

45. Je me souviendrai en leur faveur de l'ancienne alliance, par laquelle je les ai fait sortir du pays d'Égypte, aux yeux des nations, pour être leur Dieu. Je suis l'Éternel.

46. Tels sont les statuts, les ordonnances et les lois, que l'Éternel établit entre lui et les enfants d'Israël, sur la montagne de Sinaï, par Moïse.

Lévitique 27

1. L'Éternel parla à Moïse, et dit :

2. Parle aux enfants d'Israël, et tu leur diras : Lorsqu'on fera des voeux, s'il s'agit de personnes, elles seront à l'Éternel d'après ton estimation.

3. Si tu as à faire l'estimation d'un mâle de vingt à soixante ans, ton estimation sera de cinquante sicles d'argent, selon le sicle du sanctuaire ;

4. si c'est une femme, ton estimation sera de trente sicles.

5. De cinq à vingt ans, ton estimation sera de vingt sicles pour un mâle, et de dix sicles pour une fille.

6. D'un mois à cinq ans, ton estimation sera de cinq sicles d'argent pour un mâle, et de trois sicles d'argent pour une fille.

7. De soixante ans et au-dessus, ton estimation sera de quinze sicles pour un mâle, et de dix sicles pour une femme.

8. Si celui qui a fait le voeu est trop pauvre pour payer ton estimation, on le présentera au sacrificateur, qui le taxera, et le sacrificateur fera une estimation en rapport avec les ressources de cet homme.

9. S'il s'agit d'animaux qui peuvent être offerts en sacrifice à l'Éternel, tout animal qu'on donnera à l'Éternel sera chose sainte.

10. On ne le changera point, et l'on n'en mettra point un mauvais à la place d'un bon ni un bon à la place d'un mauvais ; si l'on remplace un animal par un autre, ils seront l'un et l'autre chose sainte.

11. S'il s'agit d'animaux impurs, qui ne peuvent être offerts en sacrifice à l'Éternel, on présentera l'animal au sacrificateur,

12. qui en fera l'estimation selon qu'il sera bon ou mauvais, et l'on s'en rapportera à l'estimation du sacrificateur.

13. Si on veut le racheter, on ajoutera un cinquième à son estimation.

14. Si quelqu'un sanctifie sa maison en la consacrant à l'Éternel, le sacrificateur en fera l'estimation selon qu'elle sera bonne ou mauvaise, et l'on s'en tiendra à l'estimation du sacrificateur.

15. Si celui qui a sanctifié sa maison veut la racheter, il ajoutera un cinquième au prix de son estimation, et elle sera à lui.

16. Si quelqu'un sanctifie à l'Éternel un champ de sa propriété, ton estimation sera en rapport avec la quantité de semence, cinquante sicles d'argent pour un homer de semence d'orge.

17. Si c'est dès l'année du jubilé qu'il sanctifie son champ, on s'en tiendra à ton estimation ;

18. si c'est après le jubilé qu'il sanctifie son champ, le sacrificateur en évaluera le prix à raison du nombre d'années qui restent jusqu'au jubilé, et il sera fait une réduction sur ton estimation.

19. Si celui qui a sanctifié son champ veut le racheter, il ajoutera un cinquième au prix de ton estimation, et le champ lui restera.

20. S'il ne rachète point le champ, et qu'on le vende à un autre homme, il ne pourra plus être racheté.

21. Et quand l'acquéreur en sortira au jubilé, ce champ sera consacré à l'Éternel, comme un champ qui a été dévoué ; il deviendra la propriété du sacrificateur.

22. Si quelqu'un sanctifie à l'Éternel un champ qu'il a acquis et qui ne fait point partie de sa propriété,

23. le sacrificateur en évaluera le prix d'après ton estimation jusqu'à l'année du jubilé, et cet homme paiera le jour même le prix fixé, comme étant consacré à l'Éternel.

24. L'année du jubilé, le champ retournera à celui de qui il avait été acheté et de la propriété dont il faisait partie.

25. Toutes tes estimations se feront en sicles du sanctuaire : le sicle est de vingt guéras.

26. Nul ne pourra sanctifier le premier-né de son bétail, lequel appartient déjà à l'Éternel en sa qualité de premier-né ; soit boeuf, soit agneau, il appartient à l'Éternel.

27. S'il s'agit d'un animal impur, on le rachètera au prix de ton estimation, en y ajoutant un cinquième ; s'il n'est pas racheté, il sera vendu d'après ton estimation.

28. Tout ce qu'un homme dévouera par interdit à l'Éternel, dans ce qui lui appartient, ne pourra ni se vendre, ni se racheter, que ce soit une personne, un animal, ou un champ de sa propriété ; tout ce qui sera dévoué par interdit sera entièrement consacré à l'Éternel.

29. Aucune personne dévouée par interdit ne pourra être rachetée, elle sera mise à mort.

30. Toute dîme de la terre, soit des récoltes de la terre, soit du fruit des arbres, appartient à l'Éternel ; c'est une chose consacrée à l'Éternel.

31. Si quelqu'un veut racheter quelque chose de sa dîme, il y ajoutera un cinquième.

32. Toute dîme de gros et de menu bétail, de tout ce qui passe sous la houlette, sera une dîme consacrée à l'Éternel.

33. On n'examinera point si l'animal est bon ou mauvais, et l'on ne fera point d'échange ; si l'on remplace un animal par un autre, ils seront l'un et l'autre chose sainte, et ne pourront être rachetés.

34. Tels sont les commandements que l'Éternel donna à Moïse pour les enfants d'Israël, sur la montagne de Sinaï.